Beziehungsweise unterwegs

Roman

Patrick Bucher

Beziehungsweise unterwegs

Roman

Bibliografische Information der Deutschen Nationalbibliothek: Die Deutsche Nationalbibliothek verzeichnet diese Publikation in der Deutschen Nationalbibliografie; detaillierte bibliografische Daten sind im Internet über dnb.dnb.de abrufbar.

Verlag: BoD · Books on Demand GmbH,
Überseering 33, 22297 Hamburg, bod@bod.de
Druck: Libri Plureos GmbH,
Friedensallee 273, 22763 Hamburg

ISBN: 978-3-8192-2888-9

«Die Erfahrung lehrt uns, dass Liebe nicht darin besteht, dass man einander ansieht, sondern dass man gemeinsam in die gleiche Richtung blickt.»

Antoine de Saint-Exupéry

1

«Tschüss, ich wünsche dir weiterhin ein schönes Leben!»

So verabschiedete ich mich heute Morgen von *Petra*. Sie war überhaupt nicht vorbereitet darauf; für sie kam es völlig unerwartet. Sie weinte und meinte, wir sollten uns zusammenreissen und es nochmals versuchen. Aber das wollte ich nicht.

Aus, vorbei, Ende.

Eigentlich ist es ganz einfach, zu sagen: *Ich verlasse dich.* So beschreibt es Julia Schoch in *Das Liebespaar des Jahrhunderts* (1). «Es sind drei Wörter, die jeder Mensch begreift. Offenbar genügen drei Wörter, und alles ist getan. Man muss sie bloss aussprechen und so einfach ist es. Und noch etwas erstaunt: Der Satz ist genauso kurz wie der, den man am Anfang einer Beziehung gesagt hat: *Ich liebe dich.* Drei Wörter am Anfang, drei Wörter am Ende. Wie es aussieht, lässt sich das Wichtigste im Leben mit sehr wenigen Wörtern sagen.»

Über meinen Entschluss heute Morgen bin ich auch ein wenig überrascht. Ich kann gar nicht genau beschreiben, was der Auslöser war. War es der vermeintliche Tropfen, der das Mass zum Überlaufen brachte?

Oder war für mich einfach ein gewisser Punkt überschritten? Ich weiss es nicht genau. Auf jeden Fall kann und will ich mich nicht weiter ihren Eifersüchteleien aussetzen. Immer wieder dasselbe Spiel. Auf alle war *Petra* eifersüchtig, wenn ich mit jemandem aus meinem Freundes- oder Bekanntenkreis abgemacht habe und Zeit verbrachte. Sie sagte dann jeweils:

«Mit allen machst du ab und unternimmst mit ihnen etwas, nur mit mir nicht!»

Stopp! So will ich nicht mehr weitermachen!

Schon wieder ein Beziehungsende? Das gleiche Spiel wie vor zwei Jahren!? Bin ich überhaupt geeignet, eine Beziehung zu führen? Diese Fragen stelle ich mir immer wieder von Neuem – aber was bringt's?

Jetzt bin ich wieder Single. Also gehe ich heute Abend erneut auf die Pirsch und lasse nichts anbrennen. Heute ist Donnerstag, worauf warte ich noch? Das Wochenende steht bald vor der Tür. So versuche ich mich zu trösten.

Per SMS informiere ich meine Schwester *Daniela*:

«Bin wieder Single, es hat einfach nicht mehr gepasst.»

Sofort ruft sie mich an:

«Oh Sebastian, das tut mir sehr leid. Da bist du dir aber treu geblieben – wie lange hat die Beziehung mit *Petra* gedauert?»

«Ja, ich weiss – immer diese kurzen Beziehungen. Aber jetzt ist es halt so. Ich glaube, es war lediglich ein dreiviertel Jahr.»

«Und was gedenkst du jetzt zu tun?»

«Weiss auch nicht – ich geniesse erst mal, ungebunden zu sein.»

«Vielleicht solltest du dein Glück wieder einmal über eine Onlineplattform versuchen?»

Dies habe ich bereits hinter mir und brauche wahrscheinlich keine weiteren Erfahrungen dazu zu machen.

Vor ungefähr vier, fünf Jahren meldete ich mich bei einer Datingseite an. Die Hürden schienen sehr hoch; die Anforderungen an einen potenziellen Partner oder Partnerin sind sehr umfassend. Kann das überhaupt jemand erfüllen? Mit zunehmender Emanzipation sind die Ansprüche der Frauen ebenfalls gestiegen.

Wenn ich einem Menschen nicht begegnen und in die Augen schauen kann, schien mir eine Wahl schwierig. Mit verschiedenen Adjektiven und den schönsten Attributen beschreiben sich die Kandidaten und Kandidatinnen. Wie verfange ich da und kann punkten? Geschwindelte Tatsachen bezüglich Alter oder Aussehen würden einen schnell einholen und sind wahrscheinlich eher kontraproduktiv – so meine Überlegungen.

Abend für Abend checkte ich damals den Maileingang – in der Hoffnung, es hat sich jemand gemeldet. Die Märchenprinzessin!? Immer wieder Ernüchterung: Nichts!

Ich zweifelte an meinem Profil; vielleicht wären doch ein paar Retuschen angezeigt gewesen?

Die Onlineplattform schlug nach zwei Wochen Dauer bereits ein *Premium-Abonnement* mit entsprechenden Zusatzkosten vor. Dafür erscheine das Profil in Poolposition und garantiere fast den ultimativen Erfolg.

Zwischenzeitlich tauschte ich mich oft mit *Daniela* aus und fragte sie um Rat, wie ich mich auf dieser Plattform weiter verhalten solle. Sie animierte mich dranzubleiben und unbedingt weiterzumachen.

Beinahe hätte ich aufgegeben und das Abonnement gekündigt, da stellte sich der erste Erfolg ein: Eine Kandidatin hatte angebissen! Wunderbar! Wir haben ein paar Mal hin und her geschrieben und ich schlug relativ schnell vor, dass wir uns mal treffen könnten. War das zu forsch? Aber nein, sie reagierte positiv und fand es ebenfalls eine gute Idee. Wir haben uns in einem Restaurant an der Seepromenade in Zürich verabredet.

Ich war sehr gespannt auf diese Begegnung und malte mir die tollste Frau aus, die ich gleich treffen werde. Bis zu diesem Zeitpunkt kannte ich lediglich ihr Alter, die Haarfarbe, dass sie umgänglich und hübsch sei sowie gerne einen humorvollen Partner kennenlernen möchte. Wir hatten keine Rosen im Knopfloch vereinbart.

Von Weitem war mir klar, welche Frau auf mich warten würde. Es war Sommer und wir konnten draussen sitzen. Bekanntlich entscheiden die ersten paar Sekunden über *Ja* oder *Nein*. Und so war es auch bei diesem Treffen. Absolut *nicht* mein Typ. Wie bringe ich diese komische Situation nun anständig zu Ende? Wir einigten uns auf einen kleinen Spaziergang am Seeufer entlang. Wir unterhielten uns über verschiedene Reisen, berufliche Tätigkeiten, Hobbys usw.

Nach einer halben Stunde griff ich zu einer Notlüge:

«Ich muss leider einen weiteren Termin einhalten.»

Damit verabschiedete ich mich mit den besten Wünschen für den weiteren Lebensweg, aber leider nicht mein Fall.

Auf dem Nachhauseweg trat ich gedankenversunken in einen Hundedreck. Meinen Rapport an *Daniela* über dieses Missgeschick verkam zu unserem jahre-

langen *Running Gag* über *beschissene* Beziehungen –
im wahrsten Sinne des Wortes.

Im Nachhinein erfuhr ich von *Roland*, einem guten
Freund, dass er sich offenbar mit derselben Frau getroffen hatte. Diese würde gerne abmachen und verschiedene Männer treffen, so wie sich andere Menschen mit Bekannten und Freunden verabreden – sie
tat es über diese Plattform, aber eine Beziehung wollte
sie nicht wirklich eingehen.

Vielleicht sollte ich mal eine Auszeit nehmen und
mein Verhalten in Beziehungen hinterfragen. Eine
längere Psychotherapie habe ich bereits hinter mir.
Was hat's konkret gebracht? Das weiss ich nicht mehr
so genau. Aber auf jeden Fall hat es mir gutgetan, mit
einem Therapeuten über Gott und die Welt zu reden.
Wir haben verschiedenes in meinem Leben ange-
schaut; so auch meine Beziehung zu *Eltern* und *Ge-*
schwistern.

Meine Eltern in klassischer Rollenteilung haben
sich während der Kinderphase ein Stück weit ausei-
nandergelebt; sie haben oft gestritten. Beziehungsweise sie gingen den Konflikten stets aus dem Weg:
Ein Teil verabschiedete sich jeweils und ging allein
spazieren. Oder verzog sich in ein anderes Zimmer
der Wohnung. *Optimale* Konfliktlösung!

Die Psychologie nennt dies Vermeidungsverhalten. Wie soll ich also als Kind zu einer anderen Problemlösungsstrategie kommen, wenn mir dies nicht anders vorgelebt wurde? Ist dies ein möglicher Erklärungsansatz oder mache ich es mir zu einfach? Wähle ich darum eher den Beziehungsabbruch und gehe so alltäglichen Problemen gezielt aus dem Weg? Beziehungsarbeit *kostet* etwas und ist nicht umsonst zu haben; so habe ich es in dieser Therapie mitbekommen.

Eine ähnliche Erfahrung machte ich bereits im Kindergarten: Die Nachbarstochter *Simone* war meine allererste *Freundin*. Als Fünfjährige haben wir beide zu Weihnachten den gleichen Teddybären geschenkt bekommen – dies hat uns stark verbunden. Auf dem Weg zum Kindergarten riss eines Tages ein Mitkindergärtner *meiner Simone* den Bären aus der Hand und wollte ihn nicht zurückgeben. Ich legte mich für *Simone* ins Zeug und wollte sie beschützen beziehungsweise den Bären retten. Ich verpasste dem Missetäter eine schallende Ohrfeige, sodass er den Bären unverzüglich hergab.

Meine Mutter musste am Nachmittag im Kindergarten erscheinen und sich für ihren Zögling entschuldigen und ich mich beim Geschlagenen. Pädagogisch wurde auf mich eingeredet, dass Schlagen keine Konfliktlösung sei. Die Entschuldigung empfand ich als Demütigung. Ich begriff aber, dass wildes

Reinhauen wirklich nicht geht. Und dies ist mir bis heute geblieben. Das war eine Zeit, als es weder Internet noch gewaltverherrlichende Spiele gab. Heute scheint Gewalt unter Jugendlichen aber weit verbreitet und eine Möglichkeit der Problemlösung zu sein; dies vor allem bei eigenen Unzulänglichkeiten, sich entsprechend zu artikulieren.

2

Ich bin auf dem Sprung in den Ausgang zu Beginn des bevorstehenden Wochenendes und überlege mir, wo ich hingehen soll. Ich weiss nicht, wo ich jemanden kennen lernen kann. So einfach ist es wahrlich nicht in der heutigen Zeit. Tanzen oder irgendwo ein Bier trinken gehen? Jetzt ist es auf jeden Fall zu kurzfristig, mit jemandem abzumachen.

Wo hatte ich eigentlich *Petra* kennen gelernt? Ich weiss es nicht mehr genau, wahrscheinlich irgendwo beim Tanzen; an den Ort kann ich mich nicht mehr erinnern. Aber an die fast unglaubliche Geschichte, wie ich vor ungefähr fünf Jahren *Barbara* kennen lernte, mag ich mich noch sehr gut erinnern.

In Zürich gab es bis vor einigen Jahren eine sehr spezielle Location namens *Kuckuck*. Hier trafen sich ganz unterschiedliche Menschen – zum Tanzen, Spielen, Trinken und Austauschen über Gott und die Welt. Keine uniformen Outfits wie in angesagten Clubs üblich. Jeder und jede konnte hier sich selber sein – nach dem Motto: *Leben und leben lassen*. Niemand wusste aber, wie dieser Privatclub tatsächlich rentieren konnte; denn dieses Lokal war nie wirklich übervoll.

Die Atmosphäre war verstaubt, aber nicht minder heimelig. So fühlte sich der harte Kern der Besuchenden sehr wohl in diesem Mix zwischen Wohnstube und Schulfezambiente. Ich war hier gelegentlicher Gast.

Ich habe *Barbara* zum ersten Mal gesehen, als sie sich eines Abends gekonnt auf der Tanzfläche bewegte. Sie war mit einer Bekannten, die sich später als ihre Schwester vorstellte, unterwegs. Damals war ich sofort angetan von ihrer Ausstrahlung und ihrem tänzerischen Können. So bewegte ich mich ebenfalls auf die Tanzfläche in ihre Nähe. Unsere Blicke trafen sich einige Male, bis ich mich getraute, sie anzusprechen:

«Möchtest du an der Bar etwas trinken?»

«Ja, gerne», gab sie zur Antwort.

«Und bist du das erste Mal hier? Ich habe dich hier noch nie gesehen.»

«Ich war vor ungefähr einem halben Jahr das erste Mal hier. Und du?»

«Ich bin öfters in diesem Club, denn ich mag die ungezwungene Atmosphäre.»

«Meine Schwester und ich wollten unbedingt tanzen gehen heute Abend, und so haben wir uns an das Kuckuck erinnert. Wir hatten es ebenfalls als unkomplizierte *Location* in Erinnerung.»

Nach diesem kurzen Kennenlernen tanzten wir weiter. Die Zeit haben wir beide vergessen; wir schauten uns immer wieder an und nickten uns lächelnd zu. Zwischendurch tauschten wir an der Bar weitere Standardfragen aus. Um zwei Uhr morgens verabschiedete sie sich ungewöhnlich schnell und verliess zusammen mit ihrer Schwester das Lokal.

Ein wenig perplex blieb ich zurück und bestellte nochmals einen Drink. Ich begriff erst ein paar Minuten später, dass ich lediglich ihren Vornamen und ihren Wohnort kannte, aber keine Telefonnummer von ihr hatte. So ein Mist – dies ist mir völlig untergegangen. Offenbar war ich so fasziniert von ihr und darum abgelenkt.

Ich beschloss, nächstes Wochenende wieder hinzugehen. In der Hoffnung, sie hier erneut anzutreffen. Leider ohne Erfolg. Auch das übernächste Wochenende nicht.

Im elektronischen Telefonbuch versuchte ich mit Vornamen und Wohnort ihre ganze Adresse inklusive Telefonnummer herauszufinden. Aber auch so kam ich nicht weiter.

Ein oder zwei Monate später war ich in Winterthur unterwegs. In der alten Kaserne war eine Tanzparty für Ü40-Menschen angesagt. Die Atmosphäre ähnlich wie im Kuckuck. Nach einer halben Stunde stiess ich ganz zufällig auf die Schwester der unbekannten Frau mit Vorname *Barbara*.

«Oh, so sieht man sich wieder», meinte sie.

«Ja, schön. Leider habe ich deine Schwester nicht nach der Telefonnummer gefragt und konnte sie nicht kontaktieren.»

«*Barbara* wird heute auch noch hierherkommen.»

«Da bin ich aber sehr froh. Ich habe schon gedacht, ich werde sie nie mehr sehen.»

Und plötzlich stand sie ganz selbstverständlich vor mir – ich war sprachlos und schaute ihr tief in die Augen. Wir begrüssten uns mit Küsschen links und rechts, wie alte Bekannte. Ich war sehr gerührt, dass ich sie endlich wiedersehen konnte.

In der alten Kaserne sind wir nicht lange geblieben; uns war anderes wichtiger. Wir verabschiedeten uns von ihrer Schwester und einer weiteren Bekannten. Wir fuhren zu ihr nach Hause und verbrachten eine schöne Nacht – ganz unkompliziert. Ich war sehr glücklich über das Wiedersehen.

Wir haben uns in der folgenden Woche zum Nachtessen verabredet. Sie kannte ein gemütliches, kleines Restaurant in der Nähe ihres Wohnortes. So lernten wir uns näher kennen. Vorstellungen über das Leben, eine feste Beziehung eingehen, eine spannende Arbeitsstelle haben, wie sieht die aktuelle Wohnsituation aus – alles Fragen, die wir uns gegenseitig stellten und mehr oder weniger klare Antworten darauf erhielten.

Wieder einmal trafen wir uns in Winterthur zum Tanzen. Diesmal war auch ihr Bruder anwesend. Wir sprachen ganz vertraut miteinander – so meinte er etwa:

«Schön, dass du dich mit meiner Schwester triffst. Sie weiss manchmal nicht so genau, was sie will. Aber ich finde, du tust ihr sehr gut.»

«Das freut mich zu hören», stammelte ich ein wenig überrascht.

Eine solche Äusserung hätte ich von ihrem Bruder eigentlich nicht erwartet. Es mutete fast ein wenig mafiös an, wie der ältere Bruder in der Sippschaft für die Schwester alles regelt und bestimmt.

Am nächsten Wochenende verabredeten wir uns erneut und vereinbarten, dass ich *Barbara* zu Hause abholen würde. Ich freute mich die ganze Woche auf das Wiedersehen am Sonntag – und mit ihr allein zu sein. Als ich beim vermeintlichen Tête-à-Tête ankam, vernahm ich aus dem Wohnzimmer verschiedene Stimmen. Zufällig war ihr Vater mit seiner Partnerin zum Apéro anwesend. Da werde ich offenbar begutachtet heute Nachmittag! So meine Intuition. Nach ein paar Begrüssungsfloskeln machte sich der Vater mit seiner Partnerin wieder auf den Weg, denn sie hatten offenbar eine weitere Verabredung. Bis zu diesem Tag ging ich davon aus, dass ihr Vater wahrscheinlich nicht mehr leben würde, weil sich ihr Bruder als quasi *Oberhaupt* der Familie ausgab.

An einem nächsten Donnerstagabend – wir hatten noch nicht abgemacht für das Wochenende – versuchte ich *Barbara* telefonisch zu erreichen; leider erfolglos. Zu später Stunde versuchte ich mein Glück erneut – leider auch dieses Mal nicht! Am nächsten Morgen erreichte ich sie schliesslich bei der Arbeit.

«Ich habe mir Sorgen gemacht, weil ich von dir ein paar Tage nichts gehört habe.»

Ganz selbstverständlich teilte sie mir mit:

«Ich war gestern Abend im Ausgang und es wurde ein wenig später. Und jetzt leide ich und werde heute Nachmittag früher nach Hause gehen.»

«Und wann sehen wir uns wieder?», wollte ich wissen.

«Können wir heute Abend telefonieren? Dann hoffe ich, dass mein Kopf nicht mehr so fest brummen wird.»

«Okay, einverstanden.»

Ich konnte es kaum abwarten, an diesem Abend mit ihr zu telefonieren. Dabei fühlte ich mich auf die Folter gespannt.

Am Telefon blieb *Barbara* sehr unverbindlich. Ich wollte von ihr irgendetwas Konkretes hören über den Stand unserer Beziehung – sofern man tatsächlich davon sprechen konnte. Sie blieb aber weiter unver-

bindlich und meinte, sie könne dazu nicht viel sagen.
Und am Samstag hätte sie bereits anderweitig abgemacht. Dies versetzte mir einen festen Stoss in die Magengegend – ich musste passen. Ihre Haltung heute
am Telefon passte nicht ganz dazu, wie ich sie die letzten Wochen und Monate im Zusammensein erlebt
hatte.

Wir trafen uns danach noch ein paar Mal ganz unverbindlich zu einem Drink oder einem Nachtessen.
Schliesslich fand unsere Reise leider ein Ende; ich
konnte ihre Unverbindlichkeit in meinem Lebensplan
nicht weiter einordnen.

Aber, was will ich eigentlich? Ehrlich gesagt, darauf
habe ich momentan keine Antwort.

3

Heute Donnerstagabend ist es frühsommerlich warm. Was anziehen? Lange stehe ich vor dem Kleiderschrank und kann mich nicht wirklich entscheiden. Bin ich doch ein wenig durcheinander aufgrund der Trennung von heute Morgen? Was will ich denn heute Abend unternehmen? Wieder jemanden kennen lernen oder einfach ein wenig unter Leute gehen, um nicht den ganzen Abend zu Hause Trübsal zu blasen?

Ich nehme mir vor, heute Abend allein ein Bier trinken zu gehen. So kann ich versuchen, meine Gedanken zu ordnen. Denn momentan steht alles auf dem Kopf; und in Gesellschaft wäre es für mich sowieso nicht möglich, einen Überblick über mein Beziehungschaos zu bekommen. Ich entscheide mich für ein einfaches Outfit: T-Shirt und Jeans, denn heute Abend muss ich wohl bei niemandem einen guten Eindruck hinterlassen mit entsprechenden Klamotten.

Während ich an der Bar sitze und an meinem Bier nippe – ein feines *Pal Ale*, das es nur in dieser kleinen Bar gibt – spielt die Jukebox einen Schlager nach dem anderen. Gegenwärtig läuft das Stück *Atemlos durch die Nacht* von Helene Fischer. Offenbar ist heute Abend ein grosser Schlagerfan anwesend, der ein paar Schlagerstücke ausgewählt hat. Hier in dieser Bar habe ich auch schon einen Abend lang wunderbaren Jazz gehört. Als Nächstes tönt *Und heute Abend geh ich tanzen* von Andrea Berg. Jetzt wird es mir definitiv zu viel, denn dazu bin heute wirklich nicht in Stimmung.

Jedenfalls reift bei mir der Gedanke, eine kleine Auszeit zu nehmen, um herauszufinden, wie es in meinem Leben beziehungsmässig weitergehen soll. Eine mehrtägige Wanderung könnte da wahrscheinlich helfen. Es muss ja nicht gleich der *Jakobsweg* nach Santiago de Compostela sein oder ein sonstiges Erlebnis zur Selbstfindung. Nein, ein verlängertes Wochenende in den Bergen sollte für den Anfang genügen. Immerhin das! Wie könnte ich sonst herausfinden, wie mein weiterer Lebensentwurf und speziell Beziehungen aussehen sollen? Was will ich eigentlich? Was habe ich für Pläne? Eine feste Beziehung? Eine Familie mit oder ohne Kinder? Oder weiterfahren, wie bisher? Bin ich überhaupt beziehungsfähig?

Eine mehrtägige Bergwanderung soll es richten und mir Klarheit über verschiedene Fragen bringen.

Ich überlege mir, wen ich zu dieser Wanderung mitnehmen könnte? Mit *Rainer* aus meiner Jassgruppe wäre es bestimmt sehr spassig, in den Bergen unterwegs zu sein. Er hat zweifelsohne die nötige Kondition, um auf einer anspruchsvollen Wanderung über drei, vier Tage mithalten zu können. Zudem wäre er einem oder zwei Gläsern Wein nicht abgeneigt. Und natürlich könnten wir zusammen jassen, wenn wir in einer SAC-Hütte ein weiteres Paar für einen *Schieber* finden würden.

Sogleich verwerfe ich diesen Gedanken wieder, denn ich will ja seriös in mich gehen und für mich Klarheit finden. Dies wäre mit dem umtriebigen und kommunikativen *Rainer* definitiv nicht möglich.

Oder die hübsche *Jasmin*, sie wandert auch fürs Leben gerne. Das haben wir mal herausgefunden, als wir uns näher kennen lernten. Mit ihr pflege ich eine spezielle Beziehung: Sie gehört zur Gruppe *Friends with benefits*. Vor ungefähr zehn Jahren sind wir uns das erste Mal begegnet – übrigens auch im Kuckuck Club. Wir hatten damals beide unmittelbar zuvor einen Beziehungsabbruch; wir fanden uns beide auf Anhieb sympathisch und wollten an diesem Abend nicht alleine sein. So konnten wir uns gegenseitig trösten.

Wir fanden damals, dass man nicht nur in einer Beziehung auf Tuchfühlung gehen kann. Und wenn man einen Menschen sehr mag, könnte ja auch ein bisschen mehr als mögen drin liegen. So schien uns diese Konstellation das ultimative Rezept für Singles mit Kuschelbedarf zu sein. Zu unserem Arrangement hatten wir zwei eiserne Regeln vereinbart:

1. Die Kombination aus unbekümmerter Freundschaft und leidenschaftlichem Sex geschieht in gegenseitigem Einvernehmen.
2. Sex und Gefühle werden dabei strikt getrennt.

Damit sind wir bis heute gut gefahren.

Auch diesen Gedanken, Jasmin auf die Wanderung mitzunehmen, verwerfe ich gleich wieder. Denn wie soll ich mich in einer unverbindlichen *Freundschaft plus* über ernsthafte Beziehungsthemen austauschen können? Das wäre eher fatal und könnte sogar unser jetziges Konstrukt gefährden.

Eine weitere Möglichkeit wäre vielleicht, die stets integre *Sonja* zu fragen, ob sie mitkommen möchte. Sie ist eine äusserst verlässliche Freundin; quasi mein Gewissen, wenn es um Haltungsfragen, Korrektheit oder klärende Fragen in Beziehungen geht. *Sonja* ist die Schwester eines früheren Freundes von mir. Ich habe sie anlässlich einer Geburtstagsfeier durch ihn kennen und schätzen gelernt. Leider ist die Freundschaft mit ihrem Bruder daran zerbrochen. Bis heute weiss ich nicht so genau, was damals wirklich der Auslöser dazu war – auf jeden Fall hat es von seiner Seite nicht mehr gepasst. Ich sage mir stets, wenn eine

Beziehung wegfällt, gibt es Platz für eine neue. Und so war es auch mit *Sonja*.

Zu allen möglichen Themen, wie auch über andere Menschen, äussert sie sich stets korrekt und nie herablassend. Mit ihr war es nie langweilig: Wir haben zusammen verschiedenste Kurztrips unternommen, gehen gemeinsam ins Kino, in eine Ausstellung oder zu einem schönen Nachtessen in einem Restaurant.

Mit ihr gäbe es sicherlich eine schnelle Klärung zu meinen Beziehungsfragen. Aber leider hat sie eine leicht besserwisserische Art. So würde sie es mich spüren lassen, so quasi: «Ich habe es dir ja immer schon gesagt, dein momentaner Lebensstil bringt dich längerfristig nicht weiter.» Oder zumindest eine Äusserung in diese Richtung. Da ich momentan keine Lust auf Belehrungen habe und ja selber herausfinden will, was mir wirklich guttut, lasse ich auch diese Überlegung fallen.

Kaum habe ich den Gedanken zu Ende gedacht, macht sich das Smartphone knurrend bemerkbar. Die Einstellung ist auf *stumm* geschaltet, darum klingelt es nicht.

«Hallo, hier ist *Jasmin*. Was treibst du so?»

«Oh, schön dich zu hören», stammle ich ein wenig überrumpelt.

«Geht es dir gut? Du tönst so bedrückt.»

«Nein, nein, alles gut», höre ich mich antworten und staune ob der Lüge, die ich gerade von mir gegeben habe.

«Das hört sich aber nicht so entspannt an. Ich kenne dich doch besser, Sebastian!»

Ich knicke ein, denn die entwaffnende Art von *Jasmin* ist einfach überwältigend. Da kann ich jeweils nicht widerstehen.

«Du hast ja recht, es ist nicht alles *paletti*. Heute Morgen habe ich mich von *Petra* getrennt.»

«Und warum denn jetzt so plötzlich, du kennst sie ja gar noch nicht so lange.»

«Auch da hast du recht und genau das lässt mich auch ein wenig ratlos zurück.»

«Hast du heute Abend schon was vor?», fragt *Jasmin* ganz unverblümt.

«Äh, ich weiss nicht», druckse ich herum.

«Wir könnten ja unser Arrangement wiederaufleben lassen, sodass du auf andere Gedanken kommst.»

Das tönt so verlockend und ich will beinahe zusagen. Ich sehe mich bereits in ihren Armen liegen und so weiter. Eine innere Stimme sagt mir aber: Jetzt reiss dich mal zusammen, so kann das nicht weitergehen! Wie sehen denn meine Pläne für die Zukunft aus? Oder will ich einfach weitermachen wie bisher?

«Das ist sehr lieb von dir, *Jasmin*. Aber im Moment möchte ich einfach ein wenig allein sein. Ich werde mich bei dir melden, wenn es mir wieder besser geht.»

«Ja, mach das», meint sie.

«Ich werde drei, vier Tage auf eine Bergwanderung gehen, um herauszufinden, was ich wirklich will im Leben. Danach werde ich dich anrufen.»

«Dann wünsche ich dir gutes Gelingen. Und solltest du doch eine Begleitung vorziehen, lass es mich wissen. Du weisst ja, ich kann bei der Arbeit sehr flexibel freie Tage beziehen.»

«Das ist sehr lieb von dir und gut zu wissen.»

Eigentlich hätte ich gerne zugesagt. Aber ich bin nicht mehr zwanzig und endlich sollte bei mir der viel besagte *Ernst des Lebens* einkehren. Und darum muss ich wohl allein auf diese Bergwanderung gehen.

Wie beschreibt es der Psychologe Peter Lauster in seinem Buch *Die Liebe* (2)? «In der Kunst zu lieben, liegt der Sinn des Lebens.» So versuche er mit den psychologischen Beratungen den Ratsuchenden mehr Klarheit über ihre eigene Situation zu verschaffen. Es gehe darum, die Bereitschaft zu fördern, die Wahrheit zu erkennen und dies könne grosse Hilfe und Erleichterung bedeuten.

Nochmals eine Therapie oder psychologische Beratung in Anspruch zu nehmen, darauf habe ich jetzt aber wirklich *keinen Bock*.

4

Früh morgens breche ich zu einer mehrtägigen Bergwanderung auf. Klarheit soll dieses Experiment bringen, wie es in meinem Leben und speziell betreffend Beziehungen weitergeht.

An der Busstation warte ich auf den Bus Richtung Hauptbahnhof Zürich. Einige arbeitstätige Personen sind bereits unterwegs zur Arbeit. Und dies an einem Freitag, wo die meisten frei haben aufgrund ihres 80-Prozent-Pensums oder zu Hause bleiben, weil sie mit dem Arbeitgeber in der Nach-Corona-Zeit eine gute Basis für Homeoffice aushandeln konnten.

Dies hätte den Vorteil, nicht in Arbeitskluft stecken zu müssen, sondern ganz entspannt in Trainerhosen mit dem Laptop auf dem Kanapee *fläzen* zu können.

Vor mir steigt eine ungefähr vierzig-jährige Frau in den Bus ein; ihre Frisur ist akkurat zurechtgemacht und das Makeup sitzt tadellos. Unweigerlich kommt mir bei diesem Anblick *Michèle* in den Sinn.

Ich habe sie vor langer Zeit anlässlich einer Tanzveranstaltung in der Agglomeration von Zürich kennen gelernt. Ein loser Verein konnte von der Gemeinde einen Raum mieten; einmal im Monat tanzten hier alle Junggebliebenen aus der Umgebung zu unterschiedlicher Musik. Dabei wechselten sich verschiedene DJs mit Auflegen ab. Hier habe ich *Michèle* kennen gelernt; sie wohnte in dieser Gemeinde und war Teil der Crew, die diese Veranstaltungen organisierte. *Michèle* stand jeweils hinter der Bar und mixte Drinks. Es waren ungefähr zehn Personen, die sich dabei abwechseln; das hatte den Vorteil, dass die freiwillig Mitarbeitenden öfter mal eine kurze Pause machen und ebenfalls tanzen konnten. Mein Freund *Roland* hat mich auf diese Tanzmöglichkeit hingewiesen und so erkundete ich dieses Etablissement an einem warmen Freitagabend zum ersten Mal.

Auf der Tanzfläche begegnete ich *Michèle*; wir fanden uns beim ersten Augenkontakt sofort sympathisch. Über längere Zeit tanzten wir ausgelassen zu unterschiedlichen Musikstücken und -richtungen. Das Tanzen machte durstig und so tranken wir an der Bar ein Bier und unterhielten uns bestens. Sie war vielseitig interessiert und ich bekam den Eindruck, dass sie bei den unterschiedlichsten Themen mitdiskutieren konnte. Das imponierte mir und machte *Michèle* für mich interessant, trotzdem sie zu sehr auf ihr Äusseres bedacht war.

Am nächsten Tag hatte ich mit einem Freund früh morgens zum Wandern abgemacht, sodass ich mich noch vor Mitternacht von *Michèle* verabschieden musste. Wir haben unsere Telefonnummern ausgetauscht und vereinbart, dass wir uns bald mal treffen würden.

Es war noch keine Woche vergangen und sie lud mich bei sich zu Hause zum Nachtessen ein; anschliessend wollten wir im Schiffbau in Zürich tanzen gehen. Dort fand im Rahmen einer *Französischen Woche* mit allerlei kulturellen Events auch eine Tanzveranstaltung mit vorwiegend französischer Musik statt.

Michèle wohnte in einer *schicken* Designerwohnung mit Blick auf den Zürichsee. Ausgewählte und teure Möbelstücke zeigten, dass sie wirklich einen guten Geschmack hatte und eben viel Wert auf das Äussere legte.

An diesem Abend hat sie mir gestanden, dass sie anlässlich unserer ersten Begegnung gesehen hat, wie ich mit meinem Sportwagen weggefahren sei. Offenbar hat ihr dieses Auto Eindruck gemacht. Da wurde mir klar, dass sie offensichtlich interessiert war an mir, sonst hätte sie mir ja nicht nachspioniert. Im weiteren Verlauf des Abends sagte sie mir, dass sie bei einer international tätigen Firma beschäftigt und zudem auch Präsidentin des hiesigen Tennisclubs sei.

Vieles drehte sich bei ihr um Äusserlichkeiten, die lediglich dem *Schein und Sein* geschuldet waren; diese Haltung irritierte mich zunehmend an diesem Abend. Trotzdem sind wir zu dieser Tanzveranstaltung nach Zürich gefahren. Ich überlegte mir aber, wie komme ich da wieder raus? Als sie dann auf der Tanzfläche weiter zudringlich wurde, sah ich rot und musste den Avancen ein Ende setzen. Leider nein!

Dieses Erlebnis kann ich heute – mit einiger Distanz – entspannt abhaken. Damals hat es mich aber echt genervt; vor allem, dass ich so naiv sein konnte. Aber ebendas sind Erfahrungen, die das Leben prägen.

Mittlerweile ist der Bus im Hauptbahnhof Zürich angekommen und die vierzig-jährige Frau ist ausgestiegen. Ich bin froh, diese Geschichte hinter mir lassen zu können.

Meine Reise geht Richtung Innerschweiz, nach Arth-Goldau, Göschenen, Andermatt und hinauf zum Oberalppass. Die Fahrt dauert ungefähr drei Stunden und ich werde dreimal umsteigen müssen.

Die Abfahrt nach Arth-Goldau ist erst um 07:05 Uhr, sodass ich genügend Zeit habe, mir einen Kaffee zu besorgen. Leider haben andere Personen die gleiche Idee, sodass ich mich bei einer längeren Schlange hintenanstellen muss. Die meisten Wartenden sind Berufsleute, ausser die beiden älteren Personen vor mir, wahrscheinlich ein Paar. Aufgrund ihres Outfits scheinen sie ebenfalls zu einer Wanderung aufzubrechen.

Sie nehmen die Situation in dieser längeren Warteschlange gelassen hin. Immer wieder schauen sie sich treuherzig an, nehmen einander in den Arm und küssen sich – so schön!

Sie scheinen sehr zufrieden zu sein und ich frage mich: Werde ich auch mal eine solche Beziehung haben?

Ich erinnere mich an einen Ausspruch von Stephan Sarck: «Alte Menschen sind wie Bücher. Die Dummen stellen sie ins Regal, die Schlauen lesen in ihnen.»

5

Endlich bin ich bis zum Kaffee-Tresen vorgedrungen; mit dem schwarzen Gold kann ich nun meiner Müdigkeit etwas entgegenhalten. Nach diesem längeren Unterfangen muss ich mich schliesslich doch noch beeilen, um den gewünschten Zug nach Arth-Goldau zu erreichen. Die Bahnhofsuhr zeigt bereits 07:00 Uhr.

Mit schnellem Schritt begebe ich mich auf den Bahnsteig entlang dem Intercity-Zug, mit Endziel Lugano; in vierzig Minuten wird er in Arth-Goldau eintreffen, wo ich umsteigen muss. Alle Wagenabteile sind gut belegt, sodass ich mich weiter Richtung Zugspitze fortbewege. Dieses frühsommerliche Wochenende mit wunderbaren Wetterprognosen scheint zahlreiche Reiselustige aus ihrem Zuhause gelockt zu haben. Die Zeit drängt – ich muss mich irgendwo hineinquetschen.

Im oberen Bereich des drittvordersten Wagens hat es einige freie Sitzplätze. Andere Reisende sind ebenfalls auf der Lauer nach einem Platz. Ungefähr in der Mitte des Wagenteils sehe ich eine jüngere Frau, die allein in einem 4er-Abteil sitzt.

«Ist da noch ein Platz frei?», erkundige ich mich.

Da sie nicht zu verstehen scheint, wechsle ich auf Italienisch:

«C'è un posto libero?»

«Si, si prego», antwortet sie in einem wunderschönen Italienisch. Ihr Äusseres ist ebenfalls sehr ansprechend.

Ich kann in Fahrtrichtung sitzen und sogar die Füsse strecken, da wir im Abteil versetzt sitzen. Da habe ich offenbar das grosse Los gezogen. Geschafft, einen Sitzplatz zu ergattern.

Weiter vorn im Abteil ist plötzlich wirres Gerede und Gelächter zu hören; eine Gruppe Frauen – wahrscheinlich ein Turnverein – ist unterwegs auf dem jährlichen Ausflug. Mit dem grossen Los scheint es doch nicht so weit her zu sein. Der Lärmpegel wird stetig lauter, denn bereits am frühen Morgen trinken sie Weisswein. Mit Plastikbechern stossen sie an, auf einen Tag ohne Männer. Der Alltag muss für sie offenbar eine grosse Plage sein, denn eine zweite und dritte Flasche wird unter lautem Beifall geöffnet.

Die jüngere Frau mir gegenüber verdreht die Augen, was wohl heisst, dass sie das Getue der mittelalten Frauen weiter vorn im Abteil nicht goutiert. Lächelnd und mit einem kurzen Kopfnicken pflichte ich ihr bei, dass ich es auch nicht so toll finde. Sie steckt ihre Ohrstöpsel fester in die Ohren, senkt den Blick und liest weiter in der *Rivista* auf ihrem Schoss.

Wie ich diese unbekannte Schöne verstohlen aus den Augenwinkeln anschaue, kommt mir in den Sinn, wie ich *Eveline* vor ungefähr acht Jahren anlässlich einer der legendären Ü40-Partys endlich kennen lernte. Ich habe sie zuvor bestimmt zehn- bis fünfzehn-mal gesehen und heimlich angehimmelt. Zunächst schien sie mir unerreichbar zu sein: Sie bewegte sich sehr selbstsicher, hatte eine anziehende Ausstrahlung und war stets topmodisch gekleidet. Sie sah so gut aus, dass ich damals wirklich das Gefühl hatte, ich sei absolut chancenlos bei ihr. Oft war sie mit männlicher Begleitung unterwegs, was mich zusätzlich davon abhielt, sie anzusprechen. Insgeheim habe ich gelitten, wenn ich sie so vertraut mit einem anderen Mann gesehen habe.

Eines Abends war sie allein unterwegs. Zufälligerweise war an der Bar neben ihr ein Platz frei. Da ich hier öfter Gast war, kannte ich das Barpersonal und wir unterhielten uns regelmässig. Und so kam ich endlich mit dieser schönen Frau in Kontakt. Sie stellte sich als *Eveline* vor – für mich ging eine neue Welt auf: Ich war angekommen auf dem Olymp! Das Unerreichbare war plötzlich in Griffnähe. Wir unterhielten uns über Gott und die Welt, bis sie plötzlich fragte:

«Kommst du mit auf die Tanzfläche?»

«Ja klar», stammelte ich ganz aufgeregt.

«Das ist mein absolutes Lieblingsstück, da muss ich einfach tanzen», sagte sie weiter.

Nach dem zweiten Takt war mir klar: *Whole Again* von Atomic Kitten.

«Ja, dieses Lied gefällt mir auch sehr gut.»

Wir tanzten nahe beieinander über längere Zeit zu verschiedenen Stücken. Unsere Blicke trafen sich immer wieder – ich fühlte mich im siebten Himmel.

Zwischendurch tranken wir etwas an der Bar. *Eveline* hatte die Angewohnheit, beim eindringlicheren Erzählen mit dem Gegenüber Körperkontakt aufzunehmen. So fasste sie mich ein paar Mal am Arm an, um dem eben Gesagten mehr Gewicht zu verleihen; dabei schaute sie mir immer tief in die Augen. Ich war hin und weg und glaubte zunächst, eine *Fata Morgana* vor mir zu haben.

Ungefähr um drei Uhr nachts verliessen wir die Party. *Eveline* bot an, mich mit dem Auto nach Hause zu fahren. Vor meinem Haus war uns dann schnell klar, dass sie ihr Auto parkieren und noch zu einem Schlummertrunk in meine Wohnung kommen würde.

Es war eine wunderschöne Nacht. Ich fühlte mich bestätigt, dass alle Menschen lediglich *mit Wasser kochen*. Die Unerreichbarkeit war dahin. Ich war sehr glücklich, wie sich der gestrige Abend zum Positiven veränderte. Die heimliche Schwärmerei für diese wunderschöne, tolle Frau war vorbei und ihre Existenz wurde für mich Realität.

Die Psychologie meint, die unerreichbare Liebe sei ein Selbstschutz, da man lediglich Angst vor Nähe hätte.

Vielleicht war das so, als ich *Eveline* bereits zehn Mal gesehen habe. Aber nach dem gestrigen Abend definitiv nicht mehr.

Über zwei Jahre lebten wir eine Art Beziehung. Wir sahen uns nicht sehr viel, da sie beruflich oft im Ausland weilte. Wir gingen miteinander tanzen, da dies eine unserer gemeinsamen Leidenschaften war. Später lernte ich sogar ihre beiden Kinder kennen, die sie als Alleinerziehende grosszog. Es war eine schöne und unverbindliche Zeit.

«Nächster Halt Arth-Goldau!» Diese Durchsage im Intercity-Zug lässt mich aus meinen Träumereien von damals aufhorchen. Ich packe meine Sachen zusammen und verabschiede mich: «Arrivederci!»

Und ich meine es wirklich so: «Auf Wiedersehen!»

Das Gegenüber lächelt mich an und haucht: «Ciao!»

Ich bin echt berührt und steige aus dem Zug.

Wie ich wieder auf dem Boden beziehungsweise Perron stehe, frage ich mich: Wie war das mit den Äusserlichkeiten? Bei *Michèle* war ich eher skeptisch und jetzt verfalle ich so schnell wieder äusserlichen Reizen! Ist das allenfalls ein männliches Phänomen? Gemäss verbreiteter Meinung spielen Äusserlichkeiten für die meisten Männer bei der Suche nach einer Frau eine wichtige Rolle, würden die Partnerwahl aber nicht völlig dominieren. Ich ordne es für mich so ein, dass ich generell ein *visueller* Typ bin und für mich das Äussere darum doch eine gewisse Bedeutung hat.

6

In Arth-Goldau fährt der Anschlusszug neun Minuten später auf dem gegenüberliegenden Gleis. So ist es nicht weit bis zum nächsten Fortbewegungsmittel. Auch dieser Interregio-Zug hat als Endziel eine Destination in der Sonnenstube Tessin, nämlich Locarno. Wahrscheinlich wird auch diese Komposition gut ausgelastet sein, denn die Wetterprognosen für dieses Wochenende sind in den südlichen Landesteilen tendenziell besser angesagt.

Gemäss Schweiz Tourismus ist Arth-Goldau, der Schwyzer Doppelort zwischen Zuger- und Lauerzersee, Ausgangsort für die Fahrt auf die Rigi oder für eine Zugersee-Schifffahrt. Auf dem Schuttkegel des riesigen Felssturzes befindet sich heute der bekannte Tierpark Goldau. Nicht zuletzt ist Arth-Goldau wichtiger Bahnknotenpunkt an der Gotthardlinie.

Ja, der Tessin hat eine grosse Anziehungskraft – so war es auch, als ich *Andrea* kennenlernte. Es war nicht im Tessin, sondern am Arbeitsplatz einer früheren Arbeitsstelle; das war vor ungefähr zwanzig Jahren in einem Bankpraktikum. Da arbeitete ich in verschiedenen Abteilungen bei dieser Bank. Im Devisenhandel lernte ich *Andrea* kennen; sie war die rechte Hand des Direktors dieser Abteilung.

Ich hörte sie einmal italienisch telefonieren; die Sprachmelodie und die Aussprache hörten sich sehr vertraut an und ohne irgendwelchen Akzent einer anderen Muttersprache.

«Sie sprechen aber super Italienisch», sagte ich zu ihr.

«Das ist meine Muttersprache», entgegnete sie. «Ich bin im Tessin aufgewachsen und mit 22 Jahren in die Deutschschweiz gezogen.»

«Ah, darum tönt das so leicht.»

So kamen wir ins Gespräch und verabredeten uns im Verlauf der nächsten Woche zum Mittagessen. Dabei tauschten wir gegenseitig vieles aus und wurden uns zunehmend vertrauter. Ich war angezogen von ihrer weltmännischen Art. Am Freitagabend in derselben Woche fragte sie mich – mittlerweile auf Du umgestellt:

«Hast du Lust nach der Arbeit mit mir, einer Kollegin und ihrem Freund etwas trinken zu gehen?»

Ich war sehr überrascht, aber auch zutiefst erfreut über diese Einladung.

«Ja, da komme ich sehr gerne mit.»

Ihre beste Freundin *Doris* war ebenfalls bei dieser Bank tätig; sie wohnte mit ihrem Freund *Marcel* zusammen.

Nach diesem Freitagabend-Apéro trafen wir uns öfters zu viert zum Essen oder verabredeten uns zu einem Kinobesuch. Wir luden uns auch gegenseitig zum Nachtessen nach Hause ein; dabei hatten wir immer spannende Gespräche über allerlei Themen, die uns als jüngere Menschen gerade beschäftigten.

Andrea besuchte jedes zweite Wochenende ihre Eltern und die kleinere Schwester im Tessin. Sie fühlte sich mit ihnen sehr verbunden. Ihr Vater war ursprünglich aus der Deutschschweiz und ist vor ungefähr fünfzig Jahren in die Südschweiz ausgewandert, wo er *Andreas* Mutter heiratete.

Unsere Beziehung festigte und vertiefte sich. Nach ungefähr drei Monaten kamen die obligaten Einladungen bei den Eltern auf beiden Seiten. Meine Eltern waren sehr angetan von *Andrea*. Meine Mutter sagte mir eindringlich, ich soll achtgeben zu dieser Beziehung.

Im Nachhinein fiel mir auf, dass sich die beiden Frauen äusserlich sehr ähnlich waren und sich darum wahrscheinlich auch gut verstanden haben.

Ich wurde ebenso eingeladen zu den Eltern ins Tessin, nach Locarno. Wegen der grösseren Distanz gleich für ein ganzes Wochenende; also mit Übernachten. Ich bekam jedoch ein Gästezimmer zugewiesen, da sie ein wenig *oldschool* waren. Für *Andrea* und mich war das aber okay.

Im darauffolgenden Sommer verbrachten *Andrea* und ich gemeinsam Ferien auf der Insel Elba. Wir waren beide noch nie auf dieser Insel gewesen, darum einigten wir uns schnell auf diese Destination. *Andrea* hatte mit der italienischen Sprache mir gegenüber natürlich einen Vorteil. Sie *parlierte* mit der einheimischen Bevölkerung ganz selbstverständlich; dem Sinn nach verstand ich einiges, aber nicht alles. Darum musste sie mir teilweise übersetzen. Und dies machte mich zunehmend neidisch und eifersüchtig, vor allem dann, wenn sie sich mit jüngeren Männern austauschte.

Damals war es vor allem mein Besitzanspruch, der mich so empfinden liess. Heute, mit ein wenig Distanz, sehe ich meine Reaktion eher so, dass ich mir Nähe und Intimität zwischen uns wünschte, aber erlebte, dass sie dies auch mit anderen teilte.

Gemäss Hans Jellouschek meint Liebe zwischen zwei Menschen (3): «Ich nehme dich ganz und ich gebe mich dir ganz. Dadurch entsteht ein besonderer Raum von Intimität, der nur uns gehört. Wenn ich erlebe, dass meine Partnerin dieses Nehmen und Geben mit jemandem Dritten teilt, erlebe ich diesen unseren Raum zerstört. Darauf reagiere ich mit Schmerz, Trauer und Wut – eben Eifersucht.»

Da *Andrea* jedes zweite Wochenende im Tessin weilte und für mich *nicht verfügbar* war, fühlte ich mich allein gelassen und suchte anderweitig Zuwendung. So kam es, dass ich fremd ging, obwohl ich *Andrea* eigentlich über alles liebte und schätzte. *Andrea* war nicht einfach nur schön, sondern ihre *inneren Werte* machten sie zusätzlich als ganze Person zu einem liebenswerten Menschen.

Im Nachhinein sehe ich das zerstörerische Element meiner damaligen Eifersucht. So brachte ich unsere Beziehung in Schieflage – ich hatte es *verkackt*! Aus heutiger Sicht hätte ich damals einiges anders gemacht – aber eben, das sind schmerzliche Erfahrungen. Heute bin ich immer noch überzeugt, dass *Andrea* und ich gut zusammengepasst hätten. *Marmorstein und Eisen bricht, aber unsere Liebe ...* So hiess es doch im legendären Jahrhundert-Schlagerstück von Drafi Deutscher. Alles nur Trugschluss!

Ich besuchte einen Italienisch-Sprachkurs. Das ist geblieben aus dieser Beziehung. Ich wollte mehr verstehen, wenn ich mich im Tessin oder in Italien aufhielt. Die Melodie dieser Sprache hat mich immer fasziniert und so perfektionierten sich meine Kenntnisse bis zum Level von politischen Diskussionen.

7

«Einfahrt des Interregio nach Locarno auf Gleis 5, Abfahrt um 07:54 Uhr», so die Durchsage auf dem Bahnhof von Arth-Goldau. Auch dieser Zug ist gut belegt; so bedarf es einer grösseren Anstrengung, um einen freien Sitzplatz zu ergattern. Wählerisch kann man da nicht sein; und so muss ich Platz nehmen im Abteil nebenan, wo schon eine Familie sitzt. Wann immer möglich, versuche ich im Öffentlichen Verkehr solche Konstellationen zu vermeiden.

Meine Reise führt mich nach Göschenen; die Fahrt dorthin dauert ungefähr eine Stunde. Ich überlege darum, ob es sich lohnt, mein Buch aus dem Rucksack hervor zunehmen. Die Familie im Nebenabteil scheint eine durchschnittliche Schweizer Familie mit zwei Kindern im Primarschulalter zu sein. Die Kinder sind beschäftigt mit Lesen; die Eltern haben sich offenbar nicht viel zu sagen, denn beide *glotzen* in ihr Handy und sind mit SMS-Schreiben abgelenkt.

Ein Paar in meinem Bekanntenkreis kennt sich seit Jugendzeit. Beide konnten – wahrscheinlich aus religiösen Gründen – nie ausbrechen und andere Erfahrungen sammeln. Ihre Kinder sind im ähnlichen Alter wie diese hier im Zug. Ich frage mich, ob solche Beziehungen spätestens dann *totlaufen*, wenn die gemeinsame Aufgabe *Kinder* nicht mehr in dem Ausmass besteht wie am Anfang der Beziehung. So generell kann man dies sicher nicht sagen. Denn es kommt immer darauf an, wie sich die beiden Elternteile weiterentwickeln, jeder für sich und gemeinsam als Paar. Bei meinen Bekannten *Peter* und *Julia* war es so, dass sie sich völlig auseinanderlebten. Der einzige Kitt in ihrer Beziehung waren die Kinder und als diese *flügge* wurden, gab es keine Gemeinsamkeit mehr und sie trennten sich.

Instabile oder fragile Beziehungen – aus welchen Gründen auch immer – können ebenso früher kaputt gehen; manchmal braucht es lediglich einen kleinen Auslöser und das anfällige Konstrukt bricht auseinander. Zunächst sind alle rundherum geschockt, war es doch von aussen betrachtet ein Vorzeigepaar, das sich nie wirklich gestritten hat und doch so gut zusammenpasste. Für die beiden Personen kann es aber auch eine Chance sein, das individuelle Leben wieder in die Hand zu nehmen und eigene Schritte machen zu können.

Da erinnere ich mich an die Geschichte mit *Gabriela*: Ich lernte sie in einer längeren Weiterbildung vor ungefähr zwölf Jahren kennen. Der Unterricht war blockweise organisiert, verteilt auf verschiedene Wochenenden im Jahr. Die einzelnen Blöcke dauerten jeweils drei oder vier Tage, inklusive übernachten. In einem wunderschön renovierten, älteren Hotel am Bodensee fanden die Seminare statt. Die meisten Zimmer hatten Seesicht. In den Sommermonaten lud die grosse Wiese hinter dem Hotel mit direktem Seeanstoss zum Baden ein.

Bei dieser Ausbildung waren die Frauen in grosser Überzahl; ich fühlte mich sehr wohl dabei – fast ein wenig wie der *Hahn im Korb*. In Untergruppen mussten wir gemeinsam Bücher lesen und weitere zugewiesene Aufgaben bewältigen. Auch Exkursionen waren dabei, sodass wir uns in der kleineren Gruppe für ein Wochenende an einen anderen lauschigen Ort zurückzogen. Unter diesen Bedingungen tauschten wir uns sehr intensiv aus; die Inhalte des Austausches wurden zunehmend persönlich. Mittlerweile kannten wir die privaten Situationen von allen in der Untergruppe sehr gut.

Nach einem intensiven Arbeitstag mit konzentriertem Schaffen gönnten wir uns zu viert aus dieser Gruppe an einem herrlichen Sommerabend einen kühlen Drink im Garten eines kleinen Hotels in der Ostschweiz. Die Runde war fröhlich und wurde mit zunehmendem Alkohol lockerer und ausgelassener.

Mit drei Frauen diskutierte ich die Frage nach der *Treue* in einer Beziehung. *Gabriela* diskutierte heftig mit und war dezidiert der Meinung, sie könne dies absolut über den Kopf steuern und würde sich nie auf einen *One-Night-Stand* einlassen, auch wenn die Anziehung zu einem anderen Mann noch so gross wäre. Sie war verheiratet und hatte zwei Kinder im Primarschulalter. Meine Behauptung war, Mann und Frau können dies nicht einfach über den Kopf steuern, sondern es passiert, wenn es passiert. *Gabriela* entgegnete vehement, dass sie da ganz anderer Ansicht sei.

Nach diesem Wochenende traf ich mich mit *Gabriela* einmal allein zu einem Austausch. Formell ging es um die Weiterbildung. Wir gingen am Zürichsee spazieren, gönnten uns ein Glacé und unterhielten uns dabei sehr vertraut. Wir tranken Kaffee in einem kleinen Restaurant am See. Dann fragte ich, ob sie Lust habe, meine Wohnung ganz in der Nähe zu sehen. Sie war sehr interessiert und so kamen wir uns in meiner Wohnung rasch näher. Die Anziehung war so gross, dass wir unweigerlich im Bett landeten.

Gabriela hatte nachher Gewissensbisse und meinte:

«Sebastian, ich muss diesen Fehltritt unbedingt meinem Mann erzählen!» Sie war hin und her gerissen.

«Und was bringt das, wenn du es erzählst?», fragte ich.

«Ich bin dann jedenfalls ehrlich!»

«Du willst dich also von deinem schlechten Gewissen entlasten und damit einfach deinen Mann belasten – ist das sinnvoll?»

«Ich weiss auch nicht.»

Wir gingen auseinander und ich verabschiedete mich mit den Worten:

«Überleg dir das gut, bevor du etwas kaputt machst. Wir können auch nochmals darüber reden.»

Sie war einverstanden damit.

Eine Woche später trafen wir uns nochmals zu zweit. Zwischenzeitlich haben wir ein paar Mal telefoniert. Sie erzählte mir, dass ihr Mann politisch aktiv und darum oft unterwegs sei. Sie würde die Kinder vorwiegend allein erziehen und sich um sie kümmern. Er hätte nebst der Arbeit und der Politik nicht viel freie Zeit.

Gabriela und ich liebten uns erneut bei mir zu Hause. Ihr schlechtes Gewissen wurde dadurch noch grösser.

Sie wollte mich danach unbedingt wiedersehen und wir trafen uns an einem Mittwochnachmittag, sogar mit ihren Kindern. Ich wertete dies als Vertrauensbeweis mir gegenüber. Aber es kam anders: Am nächsten Tag hat sie ihrem Mann unsere Affäre gestanden. Wir haben uns danach nicht mehr gesehen. Die Weiterbildung war ebenfalls zu Ende.

Irgendwo habe ich gelesen, *Lügen* würde das Gewissen belasten und *Wahrheit* befreie. Das stimmt aber so nicht. Der Umgang mit der Wahrheit ist oftmals schwieriger als der Umgang mit der Lüge. Die Wahrheit kann verletzender sein als die Lüge. Manche Wahrheit geht auch niemanden etwas an und darf durch eine Lüge geschützt werden. Wichtig ist, aus welcher Haltung heraus ich mich für die Lüge oder für die Wahrheit entscheide.

Einige Jahre später habe ich – dank Internet – mitbekommen, dass *Gabriela* wieder verheiratet ist und offenbar zusätzlich zu ihren eigenen Kindern zwei Stiefkinder habe. So hat sich für sie auf jeden Fall etwas bewegt.

Ich war ganz in Gedanken versunken und habe vor lauter Kinder sogar die beiden Sprösslinge im Nebenabteil ignoriert. Sie waren die ganze Zeit über sehr ruhig, denn ihre Bücher scheinen sehr spannend und unterhaltend zu sein. Sonst wäre es wahrscheinlich lauter gewesen.

Bald werde ich in Göschenen ankommen.

8

In Göschenen bleiben mir lediglich vier Minuten Zeit zum Umsteigen. Die Reise geht weiter mit der einspurigen Zahnradbahn – sie durchquert die Schöllenenschlucht. Diese Strecke im Gotthardmassiv wurde zwischen 1913 und 1917 errichtet. Die Fahrt nach Andermatt dauert lediglich zwölf Minuten, ist aber sehr imposant.

Während der Zug durch verschiedene Tunnels, über viele Galerien und Brücken fährt, überlege ich mir: So weit habe ich es gebracht! Einmal mehr bin ich wieder Single. Will ich mein Leben wirklich so weiterführen?

Eine andere Frage beschäftigt mich: Single sein, allein sein – bin ich manchmal auch einsam?

Wer würde wohl diese Frage ganz offen mit *Ja* beantworten? Bin ich das wirklich, Hand aufs Herz? Ja, teilweise trifft das vielleicht zu.

Im Buch *Abschiedsfarben* von Bernhard Schlink (4) habe ich gelesen: «Um Einsamkeit zu ertragen, muss man sie sich zum Freund machen.»

Was soll das heissen? Eigentlich kann man nach einem Beziehungsende ja endlich wieder das tun, was man will. Aber der gesellschaftliche Druck lässt einen glauben, dass man als Person nur dann vollkommen ist, wenn man in einer Partnerschaft lebt. Also sucht man jemanden mit ähnlichen Eigenschaften und Wertvorstellungen, mit dem man die *Freizeit* gestalten und so der Einsamkeit entfliehen kann.

Um nicht in eine depressive Stimmung zu verfallen, verlasse ich das Thema *Einsamkeit* wieder und überlege mir: Eigentlich ist es schon tragisch, lediglich kurze Beziehungen einzugehen. Stolpersteine wie Eifersucht, Äusserlichkeiten, Unverbindlichkeit, vermeintlich unerreichbare Frauen etc. waren jeweils ausschlaggebend für die überschaubare Beziehungsdauer.

Aber irgendwie muss der Mensch ja seine Erfahrungen sammeln. Ich hatte immer vehement vertreten, das Leben sei nichts anderes, als Erfahrungen aneinanderzureihen. Sollte man im weiteren Verlauf des Lebens zum zweiten oder sogar dritten Mal die gleiche Erfahrung machen müssen, wäre allenfalls Handlungsbedarf im Rahmen einer Beratung angesagt.

In einem Zeitungsartikel über verschiedene Dating-Plattformen wie Tinder, Bumble, Hinge etc. habe ich gelesen, die Gesellschaft gebe einem das Gefühl, als sei die Zeit als Single eine vorübergehende Phase, die durch das Finden des nächsten Partners unbedingt beendet werden müsse.

Aber vielleicht mache ich mir zu viel Druck und müsste es eher so sehen, wie Marc Sway im Song *Es chunnt eso wies chunnt* singt: «Liebe kommt und Liebe geht.»

Genau eine solche Erfahrung habe ich gemacht. Ich hatte eine kürzere Beziehung; an den Namen mag ich mich gar nicht mehr erinnern – darum war diese Beziehung für mich wohl nicht so wichtig. Bedeutend war eher das Drumherum.

Gegen Ende dieser Beziehung besuchte ich in Wien eine weitere längere Weiterbildung; dabei lernte ich eine tolle Frau kennen und war sofort verliebt; quasi die berühmte *Liebe auf den ersten Blick*. *Siglinde* war Wienerin und bot mir an, die einschlägigen Bars und angesagten Restaurants in Wien gemeinsam zu erkunden. Dabei haben wir uns näher kennen und schätzen gelernt. Das Abendprogramm beanspruchte zunehmend mehr Raum als die effektive Weiterbildung und so vertieften sich unsere Gefühle füreinander.

Da ich aber in der Schweiz noch anderweitig liiert war, waren für mich weitere Körperlichkeiten vorläufig tabu. Am Schluss der Weiterbildung vereinbarten wir, dass wir uns sicher wiedersehen werden. Ich bot *Siglinde* an, ihr in nächster Zeit die Stadt Zürich näherzubringen.

So reiste sie ungefähr drei Monate später in die Schweiz. Ich versicherte ihr, dass ich genügend Platz zum Übernachten hätte und sie kein Hotel benötigen würde. Sie kam gegen Abend in Zürich an. Ich bereitete für uns ein Nachtessen mit mehreren Gängen vor. Aus der Zeit in Wien wusste ich, dass sie auch ein grosses *Schleckmaul* war; darum plante ich auch ein Dessert mit ein.

Wir knüpften an die gemeinsamen Tage in Wien an – der Gesprächsstoff ging uns nicht aus. Wir unterhielten uns bestens am ersten Abend.

«Sebi, was hast du alles erlebt in der Zwischenzeit?», wollte *Siglinde* wissen.

«Ich habe grad eine strenge Zeit bei der Arbeit hinter mir. Aber die Weiterbildung in Wien hat mir sehr geholfen bei der Problemlösung von verschiedenen Dingen. Jetzt haben sich die Herausforderungen bei der Arbeit ein wenig gelegt und es ist momentan grad nicht mehr so stressig.»

«Das freut mich zu hören, dass die Wienerzeit etwas gefruchtet hat.» *Siglinde* sagte das mit einem gewissen Unterton, der sich sehr erotisch anhörte. Zunächst war ich ein wenig irritiert darüber, aber eigentlich auch sehr erfreut. Trotzdem wollte ich diesen Steilpass nicht gleich in der ersten Stunde ihres Besuches aufnehmen und wechselte schnell das Thema.

«Und wie geht es deinem Vater?», wollte ich wissen.

«Er ist jetzt definitiv in dieser geschlossenen Einrichtung, von der ich dir erzählt habe. Leider hat sich der Verlauf seiner Parkinsonkrankheit weiter verschlechtert, sodass er nicht mehr selber wohnen konnte.»

«Oh, das tut mir sehr leid.»

«Muss es nicht, denn dieser stationäre Rahmen ist für alle eine Entlastung.»

Zum Apéro servierte ich Prosecco und warme Häppchen mit grüner und schwarzer Olivenpaste. Nach einer kurzen Pause gab es Zürich-Geschnetzeltes mit Teigwaren und Gemüse; dazu einen erlesenen Rotwein aus der Zürcher Gegend. Es war eine Freude, zu sehen, wie Siglinde *reinhaute* – es schmeckte ihr offenbar sehr.

Bei diesem Gedanken klingelte das Telefon – damals hatte man noch einen Festanschluss zu Hause. Den Hauptgang hatten wir gerade beendet, sodass ich den Hörer abnahm und gespannt war, wer da wohl anruft.

Die Ernüchterung machte sich sogleich breit, es war meine noch aktuelle *Liaison*.

«Hallo, wie geht's?», meldete sie sich.

«Gut und dir?»

«Ich wollte nur …, weisst du …, ich dachte …», druckste sie herum.

«Ja, was?», fragte ich ein wenig genervt.

«Du weisst ja selber, unsere Beziehung war in letzter Zeit …»

«War was?»

«Ich sehe es nicht mehr mit unserer Beziehung. Wir haben unterschiedliche Vorstellungen davon und unsere Interessen decken sich auch nur bedingt», gab sie zur Antwort.

«Du willst also Schluss machen?», war meine Frage, um es auf den Punkt zu bringen.

«Ja genau», meinte sie und war sehr erleichtert, dass ich dies so direkt ansprach.

«Okay, dann wünsche ich dir ein schönes Leben. Mach's gut und tschüss.»

Ich beendete das Telefongespräch und entschuldigte mich bei *Siglinde* für die Unterbrechung.

Siglinde fragte sofort nach: «Das war jetzt grad eine heftige Ohrfeige, oder?»

«Nein, nein, das Beziehungsende hat sich abgezeichnet. Wir haben nicht wirklich zusammengepasst, denn unsere Ideen vom Leben waren zu verschieden. Es hat so vieles nicht gestimmt. Und diese Beziehung dauerte auch nur sehr kurz. Jetzt bin ich froh, dass es offiziell ein Ende gefunden hat und nun definitiv abgeschlossen ist.»

Ich leitete über zum Nachtisch:

«Es gibt Vanilleeis mit Erdbeeren. Hast du das gerne?»

«Ja natürlich, das liebe ich sehr.»

Zur Verdauung unternahmen wir nach dem Dessert einen kurzen Spaziergang in der Umgebung. Wieder zu Hause, war es auch bereits Zeit zum Schlafengehen.

Für mein Bürozimmer habe ich bei meinem Freund *Roland* extra eine Matratze ausgeliehen, damit *Siglinde* eine eigene Schlafmöglichkeit hatte; denn ich wollte ja nicht *mit der Türe ins Haus fallen*.

Nachdem wir beide bettfertig waren, verabschiedeten und wünschten wir uns gegenseitig eine gute Nacht.

Damals wohnte ich in einem Hausteil auf drei Stockwerken. Das Dachgeschoss habe ich wie einen Loft eingerichtet – es war Schlaf-, Hobby- und Wohnzimmer zugleich. Das Büro befand sich im ersten Stock.

Ich freute mich sehr, dass *Siglinde* da war und dass wir uns jetzt – nach dem Telefongespräch mit der nun Ex-Liaison – noch näher kennen lernen konnten. Es stand also nichts mehr im Wege. Ich schaute durch das schräge Dachfenster über meinem Doppelbett in den von Sternen geschmückten Nachthimmel. War da nicht eine Sternschnuppe …? Dann könnte ich mir ja etwas wünschen!

Der Gedanke war noch nicht zu Ende, da hörte ich Schritte auf der Treppe. Ich dachte *nicht* an Einbrecher – ich war gespannt auf *Siglinde*, die langsam zu mir unter die Bettdecke schlüpfte.

Eine wunderschöne Nacht – zum Einschlafen hatte ich wieder den Song von Marc Sway im Gehör: «Liebe kommt und Liebe geht.»

Beziehungsweise umgekehrt.

9

Auf der Fahrt mit der Zahnradbahn nach Andermatt schaue ich zum Fenster hinaus und geniesse die imposante Szenerie. Es fühlt sich fast wie im Kino an. Die Schluchten lassen wir nun hinter uns, das Tal wird breiter: Wir erreichen Andermatt, das mittlerweile zu einem sehr mondänen Ort mutiert ist. Über die Ausrichtung des Tourismus kann man verschiedene Haltungen einnehmen. Wenn sich aber die einheimische Stimmbevölkerung von einem Grossinvestor *kaufen* lässt, ist das eine andere Sache. Die Ruhe und Bedächtigkeit dieser bergigen Gegend ist nun definitiv vorbei; es dominiert ein grosses Resort, bestehend aus verschiedenen Gebäuden – kaum zu übersehen. Dementsprechend zieht es Touristen an; damit müssen die Bewohnenden dieses ehemaligen Bauernortes nun leben. *Michèle* würde hervorragend hierher passen – solche Orte wären genau ihr Ding!

Der zwanzigminütige Aufenthalt gibt mir die Möglichkeit, im Bahnhofbuffet von Andermatt einen weiteren Kaffee zu trinken – zu mehr reicht die Zeit nicht. Da verpasst man auch nicht viel an diesem Ort. Spannender wird die Bahnfahrt von Andermatt Richtung

Oberalppass; die Passhöhe liegt auf über 2'000 Metern Höhe über Meer. Das ist die Verbindung ins Bündner Oberland, der sogenannten Surselva. Diese Fahrt bietet herrliche Ausblicke auf das gesamte Urserental und den Gemsstock. Auch der legendäre *Glacier Express* fährt auf seiner Strecke von St. Moritz nach Zermatt hier vorbei.

Bei dieser wunderschönen Naturkulisse überdenke ich ein weiteres Mal meine immer nur kurzen Beziehungen und überlege mir, warum ich diese Reise oder Wanderung alleine unternehmen muss. Warum gibt es jetzt keinen Menschen, mit dem ich dies erleben könnte?

Es gibt verschiedene Gründe, warum eine Beziehung zu Ende geht: Es können wirklich Bindungsängste sein, wie dies viele Psychologen vermuten. Es kann allenfalls nicht die richtige Person gewesen sein, auf die ich mich einliess oder ein gemeinsamer Weg findet ein vorzeitiges Ende – je nach Sichtweise. Auf jeden Fall habe ich mich nie gequält und eine Beziehung um jeden Preis aufrechterhalten; wenn es nicht mehr stimmig war, war ich jeweils konsequent.

Da kommt mir in den Sinn, dass ich auch einmal versetzt wurde, weil die andere Person fremdgegangen ist. Sind das allenfalls Wechselwirkungen? So wie ich bei *Andrea* fremdgegangen bin, musste ich diese

Erfahrung wahrscheinlich auch erleben. Ist das der Lauf der Dinge oder hat es tatsächlich etwas mit einem selber zu tun?

Über den Innenhof einer früheren Wohnsituation lernte ich *Iris* kennen. Sie wohnte im gegenüberliegenden Haus. Beim täglichen Lüften sahen wir uns einige Male, bis wir schliesslich ins Gespräch kamen – zunächst plauderten wir ganz unverbindlich über das Wetter, dann lud sie mich einmal spontan zum Kaffee ein. Es war am Nachmittag eines schönen Sommertages – ich war grad wieder einmal Single und die Einladung kam mir sehr gelegen, zumal sie mit ihren wallenden dunklen Haaren absolut meinem Schönheitsideal entsprach. Später habe ich erfahren, dass es keine Naturlocken waren, sondern in einem aufwändigen Prozedere mit dem BaByliss gezaubert wurden.

Ihre Wohnung hatte sie sehr schön eingerichtet – ich fühlte mich sofort wohl in diesen vier Wänden. Nach anfänglichem gegenseitigem Beschnuppern fanden wir uns beide sympathisch. So wie ich war auch sie eine überzeugte Joggerin; wir verständigten uns darauf, uns in nächster Zeit mal zum Joggen zu treffen. Sie war Lehrerin und musste an diesem Nachmittag unbedingt überfällige Korrekturen bei den Hausaufgaben ihrer Schüler und Schülerinnen vornehmen; sie entschuldigte sich fast dafür. Ich hatte absolut keinen Stress, da ich zu diesem Zeitpunkt selbstgewählt arbeitslos war und mich eigenen Projekten widmete. Ich war nicht eingebunden und liess mich treiben; das war vor ungefähr acht Jahren. *Iris* gab vor, ein schlechtes Gewissen zu haben, weil sie an diesem Nachmittag nicht *mehr* Zeit hatte; darum lud sie mich für den nächsten Tag – wieder sehr spontan – zum Nachtessen ein. Ich war happy, hatte *Schmetterlinge im Bauch* und spürte ein Ziehen in der Magengegend. Die Vorfreude auf den nächsten Abend war riesig.

Ich besorgte einen grossen Blumenstrauss und fand mich um die vereinbarte Zeit bei *Iris* ein. Beide haben wir uns heute ein wenig *aufgebrezelt*. Das Wort ist offenbar dem bairisch-österreichischen Sprachraum entliehen: Erst wenn die Brezel knusprig gebacken ist, sieht sie gut aus. *Iris* hatte ein leichtes Sommermenu gekocht. Zum Apéro gab es ein Glas Prosecco, um die Hemmungen ein wenig zu senken; zum Essen dann Rotwein.

Auf der Couch assen wir ein kleines Dessert und tranken einen Espresso dazu. So kamen wir uns näher – der Weg ins Schlafzimmer war dann nicht mehr weit.

Wir haben gemeinsam einiges unternommen: Mit *Martin*, einem ihrer Lehrerkollegen, haben wir an einem Triathlon teilgenommen. *Martin* war auch sehr sportlich unterwegs. So wie er waren wir beide geübt im Joggen und fuhren gerne mit dem Fahrrad. Das Schwimmen war vor allem mein Steckenpferd. Wir haben zu zweit und zu dritt trainiert – es ging vor allem darum, die verschiedenen Disziplinen hintereinander auszuüben und nach zwei Disziplinen immer noch genügend Energie für die letzte zu haben. Wir hatten keine grossen Ambitionen, es ging lediglich um die Teilnahme. Wir hatten viel Spass und verstanden uns bestens. In unserer Kategorie (gemischt und alle absolvieren alle Disziplinen) waren wir auf jeden Fall nicht das letzte Team, das ins Ziel kam.

Iris meinte es ernst und wollte mich nach ungefähr drei Monaten unbedingt ihren Eltern vorstellen. Für mich hätte dies noch Zeit gehabt. Ihren Bruder lernte ich bereits bei anderer Gelegenheit zu einem früheren Zeitpunkt kennen. Aber mit den *Schwiegereltern in spe* war es immer so eine Sache – dies ist bis heute geblieben. Es fühlte sich immer wie eine Aufnahmeprüfung ins Gymnasium an; vermeintlich hing jeweils vieles davon ab oder man war zumindest dieser Meinung.

Also machte ich gute Miene und willigte ein, dass wir die Eltern von *Iris* an der Zürcher Goldküste besuchten. Und dann erst noch zum Nachtessen, was eine längere Zeitdauer bedeutete. Zum Kaffee oder Tee an einem Nachmittag wäre ja noch erträglich gewesen – aber zum Nachtessen, das war schon heftig.

Ich ahnte eine gequälte Konversation und befürchtete, gelöchert zu werden über Beruf, Familie, Vorstellungen im Leben, politische Haltung oder ob man es mit der Tochter auch wirklich ernst meinte.

Ich liess mich nicht lumpen und habe für die Mutter einen grösseren Blumenstrauss besorgt, denn der erste Eindruck soll ja gut rüberkommen. *Iris* hat mich vorgewarnt, dass Papa ein wenig *oldschool* sei; vor allem was die Arbeit anbetrifft und die Vorstellung über *Rollenteilung* von Mann und Frau. Sie hätte mit ihm darüber auch gewisse Differenzen, aber sonst sei er ein lieber Papa.

Wir reisten mit öffentlichen Verkehrsmitteln an; den Rest von der Busstation bis zur Villa mussten wir zu Fuss gehen. Ein Anwesen mit sehr grossem Umschwung und Garten. In der Einfahrt war lässig ein Jaguar parkiert – das Lieblingsauto des Vaters.

Ich merkte, wie sich meine Magengegend zusammenzog und ich am liebsten gleich wieder gegangen wäre. *Iris* sprach mir Mut zu und meinte:

«Sebastian, das wird schon gut gehen. Ich bin ja dabei.»

«Ja, ja», erwiderte ich schnell. «Ich liebe es überhaupt nicht, komme aber dir zuliebe mit.»

Iris drückte mir in der Einfahrt einen langen Kuss auf den Mund und meinte: «Ich habe dich gern.»

Und schon öffnete sich die Haustüre des stattlichen
Hauses und die Mutter kam mit offenen Armen auf
Iris und mich zugerannt und meinte:

«So schön, seid ihr da. Ich freue mich riesig.»

Das war schon mal ein herzlicher Empfang und
wie ich ihr den Blumenstrauss übergab, war ich sicher, dass ich bei ihr gepunktet habe.

«Kommt rein.»

Ein riesiges Entrée mit verschiedenen Gemälden an
den Wänden. *Iris* hatte mich auch diesbezüglich ein
wenig vorgewarnt. Aber dass die ganze Sache so
prunkvoll war, hätte ich nicht gedacht.

Im Wohnzimmer trafen wir auf den Vater, in An-
zug und Krawatte; er war *zu Hause* so gekleidet! Mit
kritischem Blick musterte er mich aus der Distanz, be-
grüsste mich dann aber doch mit Handschlag. Die
Tochter bekam einen Kuss auf die Wange.

So, da war ich also gelandet – eine gewisse Schwere
breitete sich aus. Zum Glück war *Iris* nicht ganz so
verkrampft und fragte:

«Wollen wir uns nicht setzen?»

Trotzdem *Iris* mehrmals von *Sebastian* sprach, blieb
die Umgangsform beim *Sie* und dem Nachnamen.
Damit wurde die Distanz zwischen den Eltern und
mir nicht kleiner. Das Essen war gut: traditionelle,
gutbürgerliche Küche.

Tatsächlich kam im Verlauf des Nachtessens auch die Frage nach meinem Beruf auf, so wie ich es befürchtet hatte. Nach einer kurzen Pause sammelte ich mich und gab zur Antwort:

«Ich bin kaufmännischer Angestellter und momentan selbstgewählt arbeitslos.»

Ich erntete einen finsteren Blick vom Vater, verbunden mit der spitzen Äusserung:

«Ah, so.» Was wahrscheinlich so viel bedeutete wie: Das ist aber ein *Loser*!

Wir blieben nicht mehr lange.

Iris wollte zusätzlich zu ihrer regulären Tätigkeit als Primarlehrerin auch Englisch unterrichten; dazu besuchte sie eine qualifizierende Weiterbildung. Um das Sprachverständnis weiter zu fördern, war auch ein längerer Aufenthalt im Sprachgebiet vorgesehen. Die ganze Ausbildung sollte dann mit verschiedenen Prüfungen abgeschlossen werden. Ihr Kollege *Martin* war auch in dieser Weiterbildung, die total zwei Jahre dauerte.

Chester war der Ort, der als Aufenthalt im Sprachgebiet vorgesehen war. Wir vereinbarten, dass ich *Iris* gegen Ende ihres Aufenthaltes in Chester besuchte und wir dann nach dem effektiven Abschluss gemeinsam eine Rundreise in Wales vornahmen. Zuvor weilte ich ein paar Tage in London; am letzten Abend telefonierten wir und verabredeten uns für den nächsten Abend bei ihr in Chester.

Mit einem Car reiste ich an, da die Eisenbahnen in England sehr teuer waren und es lediglich wenige Zugverbindungen nach Chester gab.

Die Fahrt dorthin dauerte ungefähr vier Stunden; ich war froh, das Ziel endlich erreicht zu haben. Ich war ein wenig müde von der langen Anreise.

Eigentlich hätte ich erwartet, dass *Iris* auf mich wartete – die Ankunftszeit war ihr ja bekannt. Ich fragte eine einheimische Person nach dem Weg zur Sprachschule, denn ich kannte mich in Chester ja nicht aus. Nach einer halbstündigen Suche fand ich schliesslich die Schule. Weit und breit war *Iris* nicht zu sehen. Ich betrat das ehrwürdige Gebäude und erkundigte mich nach besagtem Sprachkurs. Zum Glück traf ich auf *Martin*, der mich zu *Iris* brachte – allein hätte ich das nie gefunden.

Eigentlich hätte ich nach sechs Wochen Pause eine innige Umarmung erwartet, aber *Iris* war sehr kurz angebunden und teilte mir lediglich mit:

«Ich muss mit dir reden.»

Ich verstand nur *Bahnhof*, denn gestern am Telefon klang sie noch ganz normal. In einem kleinen Nebenraum eröffnete sie mir:

«Äh, es war so …!» Da merkte ich langsam, dass etwas nicht stimmte.

«Sebastian, es tut mir leid …», druckste sie gequält
hervor.

«Ja, was denn?»

«Ich hatte eine Affäre mit einem Mitschüler, denn
es war so lange, seit wir uns das letzte Mal gesehen
haben.»

Bereitwillig wollte sie mir weitere Auskünfte geben, wie es dazu gekommen ist. Für mich brach eine
Welt zusammen. Ich wollte eigentlich gar nicht so viel
hören darüber. Was mich vor allem getroffen hatte,
dass sie sich anlässlich des gestrigen Telefongesprä-
ches absolut nichts anmerken liess. Sonst hätte ich mir
die lange Fahrt mit dem Car von London nach Chester sparen können.

Zudem verstand ich absolut nicht, dass sie sich mit
dem *doofsten* Typen der ganzen Klasse einlassen
musste; über den hatte sie im Vorfeld sogar despek-
tierliche Witze gemacht. Offenbar war auch er allein
in diesem fernen Land, trotzdem er zu Hause verlobt
war.

Von einem Moment auf den anderen war ich wie
paralysiert. Diese Tatsache hat mir sprichwörtlich den
Boden unter den Füssen weggezogen.

Im männlichen Ego gekränkt, konnte ich damals
nur den Rückzug antreten. Ich erkundigte mich sofort
nach einer schnellen Rückreisemöglichkeit nach London, denn ich wollte keine weitere Zeit mehr an

diesem Ort verbringen. Auch eine Rundreise in Wales war für mich ausgeschlossen.

In London angekommen, checkte ich im selben Hotel wieder ein. Zum Glück war ich damit ganz in der Nähe einer grosszügigen Einkaufsmeile. Als Frustkauf belohnte ich mich mit einem Paar Schuhe und einer neuen Lederjacke. Das linderte den Schmerz ein wenig. Dann veranlasste ich für den nächsten Tag eine Umbuchung meines Fluges zurück nach Zürich.

Es fühlte sich sehr *beschissen* an! So etwas hatte ich noch nie erlebt!

Zurück in Zürich dauerte es ein paar Tage, bis ich registrierte, dass *Iris* nicht mehr in meinem Leben war, ich sie nicht mehr sehen, nicht mehr mit ihr reden, sie nicht mehr berühren, nicht mehr mit ihr schlafen würde. Erst als ich dies begriffen hatte, machten sich Schmerz und Trauer breit.

Nach diesem grossen Frust habe ich mich nur langsam wieder gefangen. Ich war wirklich verliebt und konnte den Misstritt von *Iris* zunächst überhaupt nicht einordnen.

Ein paar Tage später nahm ich mit *Martin* Kontakt auf. Er hatte grosses Mitleid mit mir und verstand das Verhalten von *Iris* ebenso wenig. Er organisierte ein Treffen, zusammen mit weiteren Lehrerkollegen, alle auch aus dieser Weiterbildung. Sie haben für *mich*

Partei ergriffen, denn sie fanden das Verhalten von *Iris* absolut daneben. Sie zeigten sich solidarisch mit mir, was mich sehr freute. Diesen Männerzusammenhalt zu spüren, fühlte sich sehr gut an.

Wir trafen uns einige Male zu verschiedenen Anlässen: Zum Nachtessen, privat bei einem Kollegen zu Hause, auswärts etwas trinken oder wir besuchten zusammen eine Kinovorführung.

Einmal trafen wir uns bei *Markus* in seiner Loft-Wohnung am Zürichsee zum Apéro. Diese Wohnung befand sich in einer alten, umgebauten Fabrik direkt am See. Die Räumlichkeiten waren sehr grosszügig; es gab keinen abgeschlossenen Raum, ausser dem Badezimmer. *Markus* war liiert mit *Angelika*, einer schönen jungen Frau; sie war einiges jünger als er. *Angelika* war bei diesem Treffen auch anwesend; ebenso der schon etwas ältere Lehrerkollege, der als Sekundarlehrer bald pensioniert werden sollte. Alle waren wir uns einmal mehr einig: Das Verhalten von *Iris* war *unterste Schublade.*

Ich stand am Fenster dieser Loft-Wohnung und liess den Blick über den See schweifen: Eine herrliche Aussicht mit toller Abendstimmung. Ich versuchte meine Gedanken zu ordnen und war mir sicher, dass dies die Retourkutsche für mein damaliges Verhalten während der Beziehung mit *Andrea* war.

Kürzlich habe ich gelesen, wie die Autorin, Literaturkritikerin und TV-Moderatorin Elke Heidenreich in ihrem Buch *Altern* (5) offen über Untreue spricht. «Ich habe mich oft verliebt und hatte zwei gute Ehemänner. Leider war ich nicht immer ganz treu, ich liess mich in manchen Phasen des Lebens hinreissen von Leidenschaften und Liebschaften.»

So konnte ich mich ein wenig versöhnen mit dieser unschönen Erfahrung im fernen England.

10

Bald ist es 10:00 Uhr und ich erreiche nach beinahe drei Stunden Anreise den Oberalppass; die Passhöhe liegt auf 2'044 Meter über Meer; während diesen drei Stunden Bahnfahrt habe ich bereits einiges erlebt.

Jetzt beginnt meine eigentliche Bergwanderung, zu der ich aufgebrochen bin, um hoffentlich Klarheit über mein weiteres Leben und mein Beziehungsgeflecht zu erlangen.

Letzthin habe ich in einer Zeitschrift gelesen: Willkommen in der Lebensphase zwischen vierzig und fünfzig, in der man weder jung noch alt sei, sondern irgendwie komisch dazwischen. In der man sich, glaube man der Forschung, recht oft in einer Krise befinde.

Das sind ja tolle Aussichten!

Gemäss der Entwicklungspsychologin Pasqualina Perrig-Chiello (6) komme in der Mitte des Lebens das Gefühl für einen ersten Kassensturz. Man frage sich nun: Wie fällt die Bilanz aus? Bin ich in dem Beruf, der mir Spass macht? Ist der Mensch an meiner Seite der, neben dem ich die nächsten Jahrzehnte aufwachen möchte?

Ja, da bin ich mittendrin und komme einfach nicht weiter. Und genau dieser Mensch beim Aufwachen fehlt mir noch immer.

Gemäss Tourismusverein der Region Andermatt lädt der nahe gelegene türkisblaue Oberalpsee zum Verweilen ein. Man könne eine kleine Wanderung unternehmen oder im See nach frischen Forellen fischen. Hier auf der Passhöhe stehe der einzige und höchstgelegene Leuchtturm der Alpen. Der Nachbau stehe als Symbol für die Quelle des Rheins, welcher in der Nähe entspringt. Das Original stehe bei der Mündung des Rheins nahe Rotterdam.

Mir ist weniger nach Fischen zumute; ich entscheide mich für die Wanderung via Pazolastock zum Tomasee – die Wiege der Rheinquelle. Über verschiedene Hochebenen erreiche ich den auf 2'739 Meter über Meer gelegenen Pazolastock oder Piz Nurschalas, wie er rätoromanisch heisst. Die Aussicht von hier oben, zurück nach Andermatt, durch das Urserental bis zum Furkapass, ist einzigartig. Der Bergfrühling zeigt sich von seiner schönsten Seite – ich geniesse die Weitsicht und atme die frische Bergluft tief ein. Dabei überlege ich mir, wie schön es wäre, dieses Erlebnis zu zweit zu geniessen.

In der Nähe meines Picknick-Platzes hat sich ein jüngeres Pärchen ebenfalls zum Mittagessen niedergelassen. Nach den Strapazen hinauf zum Berggipfel küssen sie sich innig zur Belohnung. Sie können ja nicht ahnen, welche Themen bei mir momentan aktuell sind. Zum Glück steht es nicht auf meiner Stirne geschrieben. Aber ein wenig mässigen könnten sie sich schon, grummle ich vor mich hin.

Ich erinnere mich an eine wunderschöne Wanderung mit *Siglinde*, als sie mich wieder einmal in der Schweiz besuchte. Wir hatten den Cassonsgrat, oberhalb Flims erklommen. Die Wanderung führte auf der rechten Flanke des Flimsersteins hinauf. Oben angekommen, waren wir auch so entzückt wie das eben auf dem Pazolastock angekommene Pärchen. Wir küssten uns wahrscheinlich genauso hemmungslos vor lauter Glück und kümmerten uns wenig um die Gefühle anderer Bergwanderer und Wanderinnen.

Unsere gemeinsame Zeit war so schön, bis unser Kontakt eines Tages abrupt abgebrochen ist. Zuvor hatte sie mir eine sehr komische Geschichte über ihren Ex-Freund erzählt; die Beziehung mit ihm hat auch so abrupt geendet. Ich dachte mir damals, bei uns wird es sicher nicht so weit kommen!

Nachdem ich mich wieder gefasst habe, überlege ich mir während des Picknicks, was ist eigentlich eine

Beziehung? Normalerweise ist damit die klassische Zweierbeziehung gemeint.

In jüngeren Jahren hatte ich eine Phase, in der ich keine Beziehung im klassischen Sinne lebte. Sondern mit verschiedenen Personen handelte ich verschiedene Bedürfnisse ab; dabei ging es aber nicht um *Polyamorie*.

Da gab es zum Beispiel *Leonie*; mit ihr ging ich auswärts essen. Mit *Jasmin* teilte ich je nach Bedürfnissen das Bett. Mit *Kurt* besuchte ich Kinovorstellungen, mit *Roland* ging ich wandern, mit *Vivienne* tanzen und mit *Silvia* besuchte ich Jazzkonzerte. Auch für Konzert-, Theater- und sonstige Kulturbesuche gab es je eine andere Person. In einer grösseren Spielrunde fand sich ein Teil dieser Personen wieder. Ferien verbrachte ich in dieser Phase teilweise allein oder mit je einem dieser verschiedenen Menschen. Bei allfälligen Fragen oder Problemen hatte ich genügend und verschiedene Ansprechpartner; so kam ich immer wieder rasch aus einem temporären Tief heraus und konnte so depressive Stimmungen schnell auffangen. Meine Jassgruppe und der Tennisclub waren ebenfalls ein Teil dieses Beziehungsgeflechtes. Die verschiedenen Beziehungspersonen wussten von der Existenz der anderen; so gab es absolut keine Konkurrenz und keine Eifersuchtsgeschichten. Es bestanden auch keine zu grossen Erwartungen und darum war dies eigentlich ein sehr ausgeklügeltes Lebenskonzept, ohne Animositäten und mit immer gutem Austausch – damals.

Vielleicht war diese Beziehungsart die Fantasie und Sehnsucht eines jüngeren Menschen. Nebst der Auflehnung gegen das bestehende System könnte sie auch als Trotz oder Abkehr von der elterlichen traditionellen Paarbeziehung betrachtet werden.

Aber jetzt möchte ich doch eine feste Zweierbeziehung; was nicht heisst, dass es diese anderen Bezüge nicht mehr geben sollte. Mit Ausnahme vielleicht vom *Bettteilen*.

Plötzlich zucke ich zusammen, denn etwas stösst gegen meinen Arm. Offenbar war ich in Gedanken versunken weit weg.

«Geht es Ihnen gut?», wollte eine fremde Person wissen.

Jetzt erkenne ich den jungen Mann, der vorher so innig am Küssen war mit seiner Partnerin und mich kurz am Arm antippte.

«Ja, ja, alles bestens; ich bin nur kurz eingenickt.»

Das Pärchen hat also nicht nur Augen für sich selber, sondern ist auch besorgt um seine Mitmenschen. Immerhin sind wir da auf fast 3'000 Meter Höhe über Meer und es könnte ja sein, dass das einem Organismus nicht gut bekommt und er darum *schlapp* machen würde.

«Ah, dann sind wir aber froh, dass nichts Gravierendes vorgefallen ist und es Ihnen gut geht.»

«Vielen Dank der Nachfrage und für eure Besorgnis; aber es geht mir wirklich gut. Ich war in Gedanken. Ich bin übrigens Sebastian.»

«Freut mich, ich heisse *Marco* und das ist meine Verlobte *Andrea.*»

Ich stelle fest: Also eine klassische Liebesbeziehung. Und das bei so jungen Menschen; die sind maximal dreissig Jahre alt. Sie sind wirklich frisch und heillos verliebt, denn ihre Blicke treffen sich immer wieder und sie könnten sich beinahe verschlingen. Sie strotzen vor rosaroten Schmetterlingen, fast ein wenig kitschig.

Wir fachsimpeln über die bisherige Wanderung, die Berge generell sowie die weitere Route. Sie wandern in umgekehrter Richtung als ich.

Zur Stärkung trinke ich von meinem isotonischen Getränk. Dann gibt's eine geschälte Karotte auf den Weg.

«Ich wünsche euch weiterhin einen schönen Tag und eine gute Wanderung, tschüss.»

«Dir auch und pass auf beim steilen Abstieg da hinten.»

Ich bin froh, dass ich mich verabschieden kann, denn dieser Pärchen-Groove ist kaum auszuhalten in meiner jetzigen Situation. Meine Wanderung geht weiter Richtung Tessin, aber zunächst werde ich in der Maighelshütte übernachten – da habe ich prophylaktisch reserviert.

Die Wanderung führt mich weiter zum Tomasee, oder Lai da Tuma, wie er rätoromanisch heisst, hinunter auf 2'344 Meter über Meer. Eindrücklich dieser See: Da entspringt der Rhein und ist zunächst nur ein kleines Bächlein. Sonst kenne ich ihn von weiter unten als grösseren und teilweise reissenden Fluss, etwa in Schaffhausen oder Basel. Die Rheinquelle scheint begehrt zu sein, denn hier sind einige Wanderer und Wanderinnen unterwegs.

11

In der Maighelshütte angekommen, freue ich mich auf ein feines Weizenbier: als Durstlöscher und zur Entspannung der Muskulatur. Schnell wird es kühler am Abend, darum entscheide ich, mich drinnen hinzusetzen. Die Einrichtung dieser Hütte ist schlicht gehalten: einfache, helle Tische und *Tabourettli*. An den Wänden nur ein paar Schwarz-Weiss-Fotografien aus der Umgebung. Es riecht nach Holz und Feuer – ein Kachelofen gibt wohlige Wärme ab.

Die Maighelshütte besteht seit 1943 und wurde verschiedentlich umgebaut; heute bietet sie Platz für maximal 92 Personen in verschiedenen Zimmern und einem Massenlager. Das Val Maighels ist ein Seitental der Surselva.

Eine Dreiergruppe ist bereits beim Apéro; ich setze mich zu ihnen an denselben Tisch und mache sogleich Bekanntschaft mit ihnen. Sie stellen sich als *Elisabeth*, *Roman* und *Maria* aus St. Gallen vor.

«Ich bin Sebastian aus Zürich – hallo.»

«Wir wandern oft zusammen und gerne auch mehrtägige Routen», erklärt *Elisabeth*.

«Ja, ich wandere auch sehr gerne. Bin heute allerdings allein unterwegs, um für mich einige Dinge zu klären.»

«Da hast du dir eine schöne Gegend ausgesucht für deine Selbstfindung», meint *Maria*.

«Ich werde ungefähr drei bis vier Tage unterwegs sein und hoffe, die Zeit ist ausreichend.»

«Dann hast du wohl einiges zu ergründen oder zu klären?», fragt *Roman*.

«Wie man's nimmt.»

Wir prosten uns zu und ich lasse den ersten grossen *Schluck* Bier langsam den Hals hinunter – einfach herrlich.

«Hättest du Lust, nach dem Essen mit uns zu jassen?», fragt *Maria*.

«Ja gerne – ich jasse fürs Leben gerne und erst noch in einer so schönen Umgebung.»

Zum Nachtessen gibt es den Klassiker: Dörrbohnen, Kartoffeln und Geschnetzeltes; einfach, aber fein.

«Trinkst du ein Glas Rotwein mit?», fragt *Roman*.

«Sehr gerne, aber ich möchte mich an den Kosten beteiligen.»

«Wir können es ja so halten, dass die beiden Verlierer beim *Schieber* den Wein bezahlen», macht *Elisabeth* den Vorschlag.

Alle sind einverstanden damit.

Zum Dessert gibt es eine Caramelcrème – auch das ein Klassiker in den SAC-Hütten.

Ich frage mich, wie die Konstellation bei diesen dreien wohl aussieht: wer mit wem? Oder sind es lediglich Bekannte, die keine Liebesbeziehung im eigentlichen Sinn miteinander pflegen?

Roman gleicht ein wenig Justin Bieber, ist aber deutlich sportlicher unterwegs und eher als Bergler-Typ einzuordnen, ungefähr 38 Jahre alt. *Elisabeth* kann ich schwer einschätzen; wahrscheinlich ähnlich alt oder vielleicht nur 35 Jahre – vom Typ her eher so Emma Stone. Und dann noch *Maria*: Sie ist ebenfalls sehr hübsch, hat ein fröhliches Gesicht und wirkt sehr einfühlsam und offen. Vom Typ her sehr ähnlich wie Laura Pausini in jüngeren Jahren. Ich schätze sie auf ungefähr 30 Jahre.

Ob sie mich auch versuchen einzuordnen? Oder ist das nur eine *Macke* von mir? Wenn ich unterwegs einem Paar oder einer Gruppe Menschen begegne, denke ich mir dazu immer irgendwelche Geschichten aus.

Mit *Petra* war ich zweimal in einem luxuriösen Wellnesshotel im Südtirol. Es war ein schönes Hotel im gehobeneren Segment, aber preislich doch zugänglich für viele Gäste. Leider entdeckten wir nach dem ersten Mal ein Inserat dieses Hotels in einer Schweizer Zeitschrift, sodass der ursprüngliche Geheimtipp mit einer absolut akzeptablen Preis-Leistungs-Bilanz plötzlich die Massen anzog. Wir wollten es nicht wahrhaben, buchten aber trotzdem ein zweites Mal; denn wir waren sehr zufrieden dort.

Am ersten Abend waren wir sehr gespannt, wo wir zum Essen platziert wurden; es gab nämlich verschiedene Speisesäle. Bei unserem ersten Aufenthalt hatten wir das Gefühl, es geht nach Zimmerkategorien. Aber an diesem Abend wurden wir eines Besseren belehrt; wir waren im grossen Saal hinten rechts am Fenster platziert, trotzdem wir eine Juniorsuite gebucht hatten. Zunächst gab es einen Apéro – neugierig schauten wir herum, was für andere Gäste anwesend waren. In direkter Nähe entdeckten wir eine etwas seltsame Gruppe; wir wurden einfach nicht schlau aus ihnen. Es waren fünf Personen, zwei Männer und drei Frauen. Der eine Mann ein wenig grobschlächtig, die Arme verziert mit allerlei Tattoos. Der zweite Mann eher feingliedrig mit Glatze oder kahl geschorenem Kopf. Eine wunderschöne Frau mit langen blonden Haaren passte irgendwie nicht ganz in diese Konstellation. Die zweite Frau mit einer *Vokuhila-Frisur* und gekleidet in Vintage-Mode. Die dritte Frau war sehr muskulös und breit gebaut, insgesamt aber gutaussehend und sie trug ein langes Abendkleid.

Am nächsten Tag trafen wir die breit gebaute Frau am Pool, gekleidet in einem absolut knappen Bikini – nicht ganz vorteilhaft. Wir einigten uns auf die Erklärung: Diese fünf Personen drehen hier in der Gegend wahrscheinlich einen Pornostreifen.

In diese Richtung schätze ich die drei Personen aus St. Gallen überhaupt nicht ein. Aber irgendwie kann ich mir keinen Reim darauf machen, wie sie zueinander stehen. Plötzlich werde ich aus meinen Gedanken gerissen.

«Du bist sehr offen und erzählst freimütig über dich», meint *Maria*.

«Was soll ich da verstecken und mich in einem anderen Licht darstellen, als es wirklich ist?»

«Ich finde es sehr mutig und spannend, wie du das mit dir ausmachst», ergänzt *Roman*.

«Vielleicht würde es allen Menschen guttun, zwischendurch mal eine kleine Auszeit für sich zu nehmen, dann gäbe es wahrscheinlich weniger zwischenmenschliche Probleme.»

«Das hast du jetzt aber sehr schön auf den Punkt gebracht, Sebastian», sagt *Maria* und lächelt mir zu.

Die Flasche Rotwein ist nach dem Essen beinahe leer getrunken.

«Da brauchen wir ein wenig Nachschub zum Jassen. Die Kosten teilen wir dann aber auf – sodass die

Verlierer nicht gleich zwei Flaschen Rotwein bezahlen müssen», meint *Elisabeth*.

Ich mische die Karten und lege sie breit gefächert auf dem Tisch aus.

«Dann schauen wir mal, wer mit wem jassen wird.»

Roman und *Elisabeth* ziehen beide eine Sieben, *Maria* einen Under und ich einen Ober. Somit ist die Jass-Konstellation klar.

Maria und ich klären vorgängig noch die Taktik betreffend *Anziehen* und *Verwerfen*, dann können wir starten.

Wir sind als Erste daran zum Ansagen. *Maria* macht Vorhand *Schilten Trumpf*, also ein Spiel mit doppelter Punktezahl. Bis auf einen machen wir alle Stiche – beinahe hätte es einen *Match* gegeben.

«Gut gejasst, Sebastian», meint *Maria*.

«Ja ebenfalls», gebe ich zurück.

Bei der nächsten Runde können wir 100 Punkte weisen, und dies bei einem dreifach gezählten Spiel. Es läuft gut bei uns und wir erreichen auch zuerst den *Berg*, will heissen die Hälfte der Gesamtpunktzahl von 2'500. Mit unserem konzentrierten Spiel erreichen wir auch mühelos den Sieg.

«Du bist der Beste, Sebastian», strahlt *Maria*.

«Super gespielt, *Maria*.»

Roman und *Elisabeth* werden ein wenig ruhiger und sind nicht ganz begeistert, da sie sehr deutlich verloren haben.

Elisabeth und *Roman* verabschieden sich bald danach und gehen schlafen.

«Morgen geht es früh wieder raus, da wir ja eine grössere Wegstrecke vor uns haben», erklärt sich *Elisabeth*.

«Okay, dann wünsche ich euch eine gute Nacht», verabschiede ich die beiden.

«Ich komme dann auch bald», meldet *Maria*.

Maria und ich bleiben zurück und *quatschen* noch ein wenig über Gott und die Welt. Die beiden andern haben nicht viel Wein getrunken – die Flasche ist noch halb voll.

Wir plaudern weiter und trinken die Flasche genüsslich leer. Nach einer weiteren Stunde meint *Maria*:

«So, jetzt muss ich auch schlafen gehen.»

«Da ich morgens ebenfalls eine grössere Strecke Richtung Tessin vor mir habe, sollte ich auch bald ins Bett gehen.»

Wir verabschieden uns vom Hüttenwart und den noch übrigen Wanderern und Wanderinnen im Restaurant. Im Vorraum wünschen wir uns gegenseitig gute Nacht und gehen getrennte Wege zum Zähneputzen, in separaten Waschräumen für Frauen und

Männer. Wie ich fertig bin und eben ins Massenlager eintreten will, kommt fast gleichzeitig *Maria* aus dem Waschraum der Frauen, gekleidet in einem kurzärmligen Pyjama mit ebensolchen Hosen. Wir schauen uns tief in die Augen – ich spüre eine grosse Anziehung und mein Adrenalin kommt in Wallung.

«Kommst du mit?», fragt *Maria* verführerisch.

Sie öffnet die Türe zu einem Zimmer.

«Heute übernachten nur wenige Personen in der Maighelshütte, sodass es noch freie Schlafräume gibt», sagt sie ganz verschmitzt und strahlt mich mit einem liebevollen Lächeln an.

«Ja gern», stammle ich ein wenig überrumpelt.

Maria und ich verziehen uns in die hinterste Ecke dieses Zimmers; im ganzen Raum befinden sich keine Rucksäcke, sodass wir ungestört bleiben sollten. Den abgestandenen Geruch nach Matratzen und dicken Armee-Wolldecken ignorieren wir grosszügig.

Schnell geht es zur Sache und unsere beiden Pyjamas landen irgendwo in den oberen Reihen der Kajütenbetten; wir haben es uns unten gemütlich gemacht. *Maria* fühlt sich so zärtlich und fein an – einfach wunderschön.

Nach einer gefühlten Ewigkeit, versunken in verschiedene Gefühlsbäder mit Streicheleinheiten und innigen Küssen, liegen wir eng umschlungen in diesem Zimmer. Plötzlich geht die Tür ein Spalt weit auf und eine Gestalt schlüpft in unser nicht ganz dunkles Zimmer herein. Die Umrisse sind knapp zu sehen: Am Wuschelkopf erkenne ich *Roman*.

Ich höre, wie *Maria* sagt:

«Magst du dich zu uns legen?»

«Ja gerne», meint *Roman* flüsternd.

«Ist das für dich okay?», fragt *Maria*.

«Ja-a», stammle ich.

Am nächsten Morgen bin ich allein unterwegs in der breiten Ebene, von der Maighelshütte Richtung Tessin.

Was war das in der letzten Nacht? Es war gar nicht so schlecht, gestehe ich mir ein.

Und wie war das nochmals, als ich in früheren Jahren eine Phase hatte und mit verschiedenen Personen verschiedene Bedürfnisse abhandelte; ich meinte, das hätte damals nichts mit Polyamorie zu tun gehabt.

Ich versuche diese Erfahrung einzuordnen. Wie nennt man denn eigentlich diese Beziehungsform? *Ménage à trois* oder eher *Geschlossenes V*?

Ich versuche mich daran zu erinnern, was die eigentliche Idee dieses verlängerten Wochenendes ist. Ich will herausfinden, wie es in meinem Leben weitergehen soll und jetzt das! Bin ein wenig konfus.

Auf dieser Wanderung werde ich sicher noch genügend Zeit haben, meine Gedanken zu sortieren und die eben erlebten Erfahrungen in Ruhe einordnen zu können.

12

Während ich von der Maighelshütte auf dieser Hochebene weiterwandere, erinnere ich mich an eine ähnliche Situation. Das war vor einigen Jahren mit *Jasmin*; mit ihr zusammen hatte ich eine Dreiecksgeschichte mit einem weiteren Mann erlebt.

Dieses Erlebnis hat mich damals fast umgetrieben und liess mir keine Ruhe mehr. So habe ich in einer Gesprächsgruppe Orientierung gesucht; das war in einer Runde zum Thema Bisexualität, organisiert von der LGBTQ+ Vereinigung Zürich.

Dabei erlebte ich ein sehr ausgeprägtes Begrüssungsritual: Alle outeten sich, wie sie unterwegs waren, von *queer* bis *non-binär* und mit welchem Pronomen sie gerne angesprochen werden wollten, als er, sie oder ohne Pronomen.

Ich merkte, dass ich mich in dieser Runde nicht ganz wohl fühlte und mir dies auch nicht wirklich weiterhalf. Ich habe absolut Verständnis dafür, aber für mich sind diese Umgangsformen zu viel und zu divers. Den offenen Umgang der Teilnehmenden dieser Gesprächsgruppe untereinander schätzte ich sehr; es gab keine sexistischen Äusserungen und alle waren pazifistisch unterwegs – so wie es die Regenbogenfarben meinen: Frieden und Offenheit für alle. Eigentlich alles schöne und hehre Gedanken und Ziele, vor allem in der heutigen Zeit mit verschiedenen bedrohlichen Situationen in nächster Nähe.

Am Wegrand ein grösseres Feld von Silberdisteln, Enzianen und Alpenrosen – wunderschön! Da spielt es absolut keine Rolle, wie, was, wo und mit wem man eine Beziehung oder einen Teil davon lebt. Jetzt bin ich wieder ein wenig versöhnlicher mit mir selber.

Ich fühle mich sehr angezogen von *Maria*: Ihre sanfte, zärtliche und zuvorkommende Art, ihr Humor, die reifen Gedanken und Meinungen im Gespräch, ihr soziales Verhalten sowie ihr anmutiges Äusseres. Doch was sollte die Konstellation mit Roman? Da merke ich, bin ich wohl nicht ganz der Richtige dazu.

Meine Überlegungen gehen weiter; zum Glück habe ich beim Wandern genügend Zeit und Musse, diesen Gedanken nachzuspüren und ihnen entsprechend Raum zu geben. Im gestressten Alltag würde ich solche Überlegungen schnell beiseiteschieben und/oder verdrängen. Was ist denn eigentlich Liebe?

Vor diesem Wochenende habe ich im Roman von Bernhard Schlink *Das späte Leben* (7) gelesen, wie der Protagonist Martin seinem Sohn David einen Brief schreibt:

«… Die Liebe kann dich verändern und zu dem machen, der du eigentlich sein sollst und willst. Es muss schon die Liebe sein, dich verlieben genügt nicht. Der Unterschied – wenn du dich in sie verliebst, verliebst du dich, wenn du sie liebst, liebst du sie. In der Liebe geht es nicht zuerst um dich, sondern um sie, du bleibst nicht bei dir, sondern öffnest dich für sie. Daher kann die Liebe zu ihr dich verändern.

Wie du dich veränderst, wenn du sie liebst, verändert auch sie sich, wenn sie dich wiederliebt. Aber ihre Veränderung ist nichts, worauf du setzen kannst oder auch nur hoffen darfst. Die Erwartung, sie werde sich so verändern, wie du sie dir anders wünschst, ist der Anfang und Antrieb der vergeblichen und der unglücklichen Liebe …»

So gestehe ich mir ein, dass eine Beziehung mit *Maria* in dieser Konstellation wohl nicht das Richtige ist für mich. Zudem bin ich mit meinen Überlegungen, wie es in meinem Leben weitergehen soll, noch nicht am Ziel.

Das Val Maighels ist leicht ansteigend; ich komme vorbei am Piz Nair, der diese Ebene mit 2'764 Metern über Meer deutlich überragt. Der sonst karge Weg führt schliesslich an einem kleinen Weiher vorbei – zur Abkühlung und um auf andere Ideen zu kommen, ziehe ich meine Wanderklamotten aus und springe in den kleinen, erfrischenden See. Mit einem lauten Schrei vertreibe ich wahrscheinlich die letzten Murmeltiere hier oben. Und so komme ich unweigerlich auf andere Gedanken.

Der Weg führt weiter hinauf zum Passo Bornengo, auf 2'631 Meter über Meer; hier liegt die Schnittstelle vom Vorderrheintal im Kanton Graubünden zur Leventina im Kanton Tessin.

Wie ich mich auf Tessiner Boden begebe, kommt mir einmal mehr *Andrea* in den Sinn; jetzt bin ich quasi in ihren Gefilden unterwegs. Wie es ihr wohl geht? Hand aufs Herz, ich traure ihr immer noch ein wenig nach – wir hätten wirklich gut zusammengepasst. Aber eben – das habe ich damals voll verpatzt.

Eigentlich wäre es spannend, alle *verflossenen* Beziehungen wieder einmal zu sehen – was ist wohl aus ihnen geworden? Da fällt mir mein erster Schulschatz in der Primarschule *Tamara* ein. Sie hat mir damals fast das Herz gebrochen, als sie mir unter Tränen eröffnete, dass sie mit ihren Eltern wieder zurück nach Italien ziehen werde. Was ein Passübergang alles auslösen kann – fast ein wenig sentimental.

Jetzt ist es nicht mehr weit bis zum heutigen Etappenziel. Vom Pass führt der Weg eine Flanke hinunter auf zirka 2'300 Meter über Meer, dann wieder hinauf zur

SAC-Hütte. Der Weg führt quasi rund um den Piz Mottone. Um zirka vier Uhr nachmittags treffe ich bei der Cadlimohütte auf 2'569 Meter über Meer ein. Wieder trinke ich ein Bier als Durstlöscher; diesmal draussen auf der Terrasse, denn zu dieser Tageszeit ist es noch angenehm warm – ich bin hier ja auch in der Sonnenstube der Schweiz.

Die Cadlimohütte wurde im Jahr 2002 umgebaut beziehungsweise mit einem Neubau ergänzt; in verschieden grossen Zimmern können total 78 Personen übernachten. Zudem stehen neuere Waschräume, sogar mit warmer Dusche, zur Verfügung. Offenbar ist es doch eine Weile her, als ich das letzte Mal hier übernachtet habe; denn damals gab es lediglich ein *Plumpsklo* draussen.

Hinter der Hütte befindet sich ein kleiner Weiher, der erneut zum Schwimmen einlädt. Sehr erfrischend diese Abkühlung. Tropfend nass steige ich aus dem kühlen Wasser an die wärmende Sonne. Unmittelbar neben mir werde ich einer jungen Frau gewahr, die im blau-weiss gestreiften Bikini auf einem von der Sonne gewärmten Stein liegt. Bei diesem Anblick erinnere ich mich an den Film *Swimming Pool* von François Ozon. In diesem Streifen aus dem Jahr 2003 räkelt sich die junge, gutaussehende *Julie* (Ludivine Sagnier) am Pool im Ferienhaus ihres Vaters, währenddem die

Schriftstellerin *Sarah Morton* (Charlotte Rampling) versucht, im Ferienhaus ihres Verlegers in Südfrankreich ihre Schreibblockade zu überwinden.

Gedanken zügeln ist das Motto, um nicht in die gleiche Situation wie gestern Nacht zu kommen!

Beim Nachtessen können wir zum Fenster hinaus zutrauliche Steinböcke beobachten, die nahe zur Hütte kommen. Der ausgewachsene Bock ist schon ein recht stattliches Tier. Einen solchen Anblick hat man nicht alle Tage.

Nach dem Essen werde ich wieder gefragt, ob ich gerne mitjassen möchte – es ist eine ältere Herrengruppe, die zu dritt unterwegs ist – diesmal scheint es ganz unverfänglich. Sie sind eine Pensionierten-Gruppe, die sich drei- bis viermal im Jahr zu einer Wanderung treffen, denn ihre Frauen haben entweder körperliche Einschränkungen oder sind nicht begeistert vom Wandern.

«Ja, sehr gerne bin ich dabei – ich jasse fürs Leben gerne.»

«Schön. Ich bin *Hanspeter*, das ist *Heinz* und der Dritte im Bunde ist *Lorenz*. Wir kommen aus Mellingen, in der Nähe von Baden.»

«Freut mich, ich bin Sebastian und wohne in Zürich.»

In den SAC-Hütten wird viel gejasst; wie das Wandern ist das Jassen halt ein weitverbreitetes Brauchtum der Schweiz.

Die drei Herren jassen auf sehr hohem Niveau; da muss ich schauen, dass ich mithalten kann. Schön ist, dass sie überhaupt nicht sektiererisch unterwegs sind, auch wenn jemandem mal ein Fehler unterläuft.

Zum Jassen trinken wir eine feine Flasche Wein, gesponsert von *Heinz*, der heute offenbar Geburtstag hat. Ich jasse mit Hanspeter zusammen und wir gewinnen in ähnlicher Manier wie gestern mit *Maria*.

Mit müder Muskulatur in den Beinen, zufrieden nach dem gewonnenen Spiel und der nötigen Bettschwere nach dem feinen Rotwein, verabschiede ich mit vom Jassgrüppli und gehe schlafen. Auch in dieser Hütte ist die Auslastung momentan mässig, sodass ich für mich allein ein Viererzimmer zugeteilt bekam. Ich stelle mich ein auf einen schönen Traum.

13

In der Cadlimohütte liege ich im Bett mit rot-weiss karierter Bettdecke; die Matratze fühlt sich erstaunlich bequem an. Ich lasse den heutigen Tag nochmals Revue passieren.

Wanderung in der Hochebene Val Maighels; Déjà-vu betreffend Dreiecksgeschichte; die Erwartungshaltung an eine Beziehung; Gedanken zu vergeblicher und unglücklicher Liebe; Aufstieg zur Cadlimohütte; zweimal schwimmen in Bergweihern; Film «Swimming Pool» und dessen Wallungen; Jassen mit der Pensionierten-Gruppe. War's das?

Ah nein, fast hätte ich es vergessen: Meine Gedanken an *Andrea* beim Übertritt vom Kanton Graubünden in den Kanton Tessin und was wohl aus all den verflossenen Beziehungen geworden ist? Diese Überlegungen lassen mich nicht mehr los.

Die Gedanken sind frei – es dreht und dreht in meinem Kopf. Und wie will ich mein Leben auf die Reihe kriegen? Darum bin ich ja auf diese mehrtägige Wanderung aufgebrochen. Vor lauter Gedanken kann ich nicht einschlafen und überlege mir, eine *Zwischenbilanz* vorzunehmen, denn immerhin bin ich jetzt schon zwei Tage unterwegs. Wie soll es beziehungsmässig weitergehen in meinem Leben?

Bisher habe ich vorwiegend kürzere Beziehungen hinter mir; die längste Beziehung hat gerade mal neun Monate gedauert.

Habe den Ratschlag angenommen, mich auf einer Dating-Plattform zu versuchen; dies ist aber kläglich gescheitert.

Mit zunehmendem Alter wird es schwieriger, jemanden kennen zu lernen, vor allem wenn man nicht mehr zur Schule geht oder eine Weiterbildung besucht.

Eigentlich suche ich nicht mehr den schnellen Flirt, sondern möchte eine tragfähige und längere Beziehung eingehen.

Es nützt nichts, unerreichbare und unverbindliche Frauen anzuhimmeln, denn da komme ich nicht zum Ziel.

Gemäss Peter Lauster liegt in der Kunst zu lieben der Sinn des Lebens. Was auch immer das für mich zum jetzigen Zeitpunkt bedeuten mag.

Äusserlichkeiten bringen mich definitiv nicht weiter.

Dreiecksgeschichten sind nicht mein Ding.

Fremdgehen sehe ich als zerstörerisches Element in einer Beziehung.

Retourkutschen dazu fühlen sich sehr *beschissen* an.

Fernbeziehungen haben auch ihre Tücken.

Soweit meine Auslegeordnung heute Abend.

Das ist bereits eine grosse Ausbeute an Erkenntnissen – und das in nur zwei Tagen! Es hat sich für mich absolut gelohnt, auf diese Entdeckungsreise zu gehen; ausser vielleicht die Erfahrung in der Maighelshütte hätte ich mir allenfalls sparen können.

Ein wenig stolz bin ich schon, dass ich mich dem Thema Beziehungen stelle und schonungslos versuche aufzuräumen.

Die bisher gewonnenen Erkenntnisse tönen vernünftig. Die einen Psychologen würden jetzt sagen: Toll, dass er sich überhaupt hinterfragt und weiterkommen will. Andere wiederum sprächen von kindlich/jugendlichen Zügen eines erwachsenen Mannes oder Triebfixierung. Und eine dritte Fraktion würde dieses Verhalten ganz einfach als *Midlife-Crisis* einordnen.

Im Vorwort seines Buches *Die Fähigkeit zu lieben* schreibt Fritz Riemann (8):

«Wir müssen uns klarwerden, dass wir in unserer Gegenwart in einem Entwicklungsprozess stehen, der letztlich darauf hinausläuft, dass wir erwachsener, mündiger und selbstverantwortlicher werden. Das wird eine lange Zeit brauchen, denn Erziehung, Schule, Politik und Kirche versuchen uns immer wieder aus verschiedenen Motiven in unmündiger Abhängigkeit zu halten. Dennoch scheint mir darin die Aufgabe, ja vielleicht die rettende Hilfe für uns alle zu liegen. Das Entscheidende dürfte dabei wohl sein, dass wir unsere Liebesfähigkeit stärker entwickeln, und das von ganz früh an in der Kindererziehung, später in allen mit- und zwischenmenschlichen Bereichen.»

Dann bin ich wohl nicht ganz verloren, kann mich weiterentwickeln und vielleicht ein Stück weit über mich hinauswachsen. Riemann bringt es auf den Punkt:

«Vielleicht haben wir damit die tiefste Wurzel alles Liebenwollens verstanden: die Sehnsucht, die einengenden Grenzen unserer Ichhaftigkeit, unserer Ichbezogenheit zu überschreiten und durchlässig zu werden für etwas ausser uns selbst, dem wir uns liebend zuwenden.»

Beruhigt schlafe ich mit dem Mantra ein: *Die Hoffnung stirbt zuletzt!*

14

Nach einem ausgedehnten Frühstück in der Cadli-mohütte verabschiede ich mich vom Pensionierten-Grüppli und wandere weiter im Kanton Tessin. Der Weg führt mich vorbei am Lago di Dentro; früh morgens ist es noch sehr kühl, sodass ich auf das Schwimmen in diesem kleinen Seelein verzichte. Weiter führt mich die Wanderung durch das Val Cadlimo – die Verbindung zum Passo del Lucomagno. Eine wunderschöne Strecke, entlang einiger höherer Bergspitzen wie etwa der Piz Curnera, Piz Tanelin, Piz Blas, Piz Denter oder Piz Rondadura. Der Wanderweg schlängelt sich teilweise über grosse Steinbrocken, die irgendwann mal heruntergefallen sind. Ein grösseres Wassersystem mit unzähligen Verzweigungen führt schliesslich in den Lai da Sontaga Maria; dieser See ist auf der Seite Richtung Disentis gestaut.

Ein Seitental weiter unten Richtung Leventina liegt das Val Piora. Dies ist vor allem wegen dem Lago Ritom bekannt; diese Wanderung habe ich vor Jahren mal mit meinem Freund *Roland* unternommen.

Gestern Abend war ich sehr erstaunt, dass es in der SAC-Hütte sogar WLAN gab; so konnte ich meine

Mails checken. Dabei tauchen manchmal ungefragt News der MSN-Plattform auf dem Bildschirm auf. Folgende Mitteilung ist gestern Abend plötzlich aufgepoppt:

«Gemäss Psychologie könnten diese drei Anzeichen ein Hinweis darauf sein, dass Ihre Beziehung bereit ist für den nächsten Schritt und vielleicht sogar für immer hält.

1. Zeit miteinander zu verbringen ist keine lästige Pflicht.
2. Die Kommunikation ist konstruktiv.
3. Beide sind finanziell kompatibel.»

Eigentlich gebe ich nicht viel auf populärwissenschaftliche Äusserungen. Trotzdem kommt mir dabei die kurze Beziehung mit *Ruth* in den Sinn. Sie war ungefähr fünfzehn Jahre jünger als ich und zudem noch in Ausbildung. Dementsprechend hatte sie nur wenig Geld zur Verfügung, was sich auf unsere gemeinsamen Aktivitäten hinderlich auswirkte, weil viele Kosten an mir hängen blieben. Mit dieser Abhängigkeit hatte auch *Ruth* Mühe und wollte mir das für sie ausgegebene Geld irgendwann zurückzahlen. Der Altersunterschied zeigte sich ebenso bei der Entscheidungsfindung, was wir zusammen unternehmen wollten. Will heissen, sie hatte weniger Lebenserfahrung und konnte oder wollte keine oder nur wenige Inputs dazu abgeben. Sie konnte zum Beispiel keinen

Film benennen, den sie gerne sehen mochte. Wenn wir uns einigten, ins Kino zu gehen, zählte ich eine Anzahl Filme auf, woraus sie dann einen auswählte. Ähnlich war es auch bei anderen Dingen und so bestimmte faktisch immer ich, was wir unternahmen.

Für ihre Unentschlossenheit war wahrscheinlich nicht nur der Altersunterschied verantwortlich, sondern auch ihr Naturell, dass sie sich generell nur schlecht für etwas entscheiden oder begeistern konnte.

Da der Austausch mit ihr sehr einseitig war, habe ich die Beziehung nach kurzer Zeit beendet; geblieben sind ihre Schulden bei mir in einem höheren vierstelligen Betrag, welchen sie versprochen hatte zurückzuzahlen – bis heute ist dies aber ausgeblieben.

Im weiteren Verlauf durch das Val Cadlimo stosse ich auf einen wild campierenden Mann; rund um sein Zelt hat er verschiedene buddhistische Fähnchen aufgehängt. Er hat einen idyllischen Ort ausgewählt: in einer Senke, nahe an einem Bächlein. Er hat ein Feuer entfacht und bereitet gerade einen Tee zu.

«Hallo», mache ich mich bemerkbar – denn er hat mich bis jetzt nicht kommen sehen.

«Auch dir einen guten Tag, edler Wanderer», gibt er zurück.

«Übernachtest du hier?»

«Ja, ich bin bereits seit einer Woche an diesem wunderschönen Ort. Es fühlt sich so zeitlos an, in dieser Gegend zu sein.»

«Dann hast du sicher genügend Proviant dabei?»

«Weisst du, ich bin genügsam und benötige nur sehr wenig. Ich liebe die Einfachheit, weit abseits vom hektischen Treiben.»

Ich schätze diesen Mann auf ungefähr fünfzig Jahre; er trägt längere Haare und einen Bart. Er sieht gepflegt aus, trotzdem er offenbar seit einer Woche unterwegs ist.

«Aber du hast irgendwo eine Wohnung als Zuhause?»

«Die Natur ist mein Zuhause und das ist gut so. Willst du eine Tasse Tee mittrinken? Ich habe gerade welchen gemacht.»

«Ja gerne.»

Er stellt sich als *Josef* vor. Wir kommen ins Gespräch; ich bin beeindruckt von seiner einfachen Lebensweise, ohne Besitz.

Da kommt mir *Michèle* in den Sinn, mit ihrem starken Hang zu ausgeprägten Äusserlichkeiten. Diese Art zu leben wäre definitiv nichts für sie – da hätte sie echt ein Problem mit. Mir wäre eine solche Lebensweise zu herausfordernd; eventuell so mal Ferien machen für zwei, drei Wochen – das könnte ich mir vorstellen. Vielleicht liegt aber das richtige Mass irgendwo in der Mitte, um nachhaltig und ohne allzu grossen Fussabdruck zu leben.

Beim Thema *einfach leben* kommt mir unweigerlich *Vanessa* in den Sinn; sie war mein zweiter Schulschatz in der Primarschule. Damals ging es lediglich um Händchen halten auf der Schulreise und die Gewissheit, dass sie *meine Freundin* war; dies haben wir auf kleinen, zusammengefalteten Zettelchen festgehalten, denn zu dieser Zeit waren Handys noch inexistent. Während dem Schulunterricht wurden diese Zettelchen weitergereicht, bis sie den Bestimmungsort – der darauf geschriebene Name – erreicht haben. Wenn wir Glück hatten, erfrechte sich niemand der Mitschülerinnen und Mitschüler, einen solchen Zettel (Liebesbriefchen) zu öffnen, auch wenn er oder sie nicht als Adressat feststand. Oder aber die Lehrerschaft beobachtete das Treiben und bemächtigte sich eines solchen Briefchens. Hat ein gefaltetes Zettelchen die richtige Empfängerin unbeschadet erreicht und die Message wurde tatsächlich gelesen, veränderte sich oft die Farbe der Ohren oder auch das ganze Gesicht des Absenders – oder gar beide wurden rot im Gesicht, weil alle rundherum ja wussten, worum es ging und dies war einem peinlich. Warum eigentlich? Auf jeden Fall waren das die ersten Gehversuche des adoleszenten Alters auf dem Beziehungsmarkt.

Vanessa lebte während der Primarschule in ganz einfachen Verhältnissen, was mich überhaupt nicht störte. Vor fünf Jahren fand die erste Klassenzusammenkunft der Primarschule statt. Da war ich wieder mit *Vanessa* konfrontiert – sogleich regten sich bei mir wieder Gefühle für sie, trotzdem ich zu diesem Zeitpunkt in einer anderen Beziehung war. An diesem Abend haben wir uns hervorragend unterhalten und tauschten vieles über unser bisheriges Leben aus. Es stellte sich heraus, dass sie noch immer ein einfaches Leben ohne grossen Luxus führte, ähnlich wie *Josef*. Sie hätte zwei Kinder grossgezogen, aber keine Ausbildung gemacht. Sie bezeichnete sich als beinahe selbstversorgend. Gelegentlich hätte sie ihren Vater unterstützt, der nach Appenzell gezogen ist und dort Schafe züchtet. Ich hatte den Eindruck, dass sie mit ihrer Situation absolut zufrieden war.

Am Schluss der Klassenzusammenkunft bot ich ihr an, sie mit dem Auto nach Hause zu fahren – denn wir hatten vermeintlich denselben Nachhauseweg. Oder ich stellte es zumindest so dar. Zu meiner Freude willigte sie ein und ich konnte noch ein wenig Zeit mit ihr verbringen.

Ich befürchtete, dass sie beim Anblick meines Sportwagens in helles Entsetzen ausbrechen würde, aber das Gegenteil trat ein. Sie war so begeistert und meinte, ihr Sohn – ein absoluter Autonarr – würde neidisch sein, wenn sie ihm erzähle, mit welch tollem Auto sie chauffiert wurde.

Schliesslich erzähle ich *Josef* von meiner Mission.

«Da hast du dir einiges vorgenommen, Gratulation, dass du dich daran wagst.»

Weiter gibt er mir folgenden Tipp:

«Wirf Ballast ab und du wirst zufriedener sein.»

Nach einer Stunde Pause bei *Josef* verabschiede ich mich von ihm und mache mich auf den Weg weiter Richtung Passo Lucomagno; dabei überlege ich mir, was er wohl damit gemeint hat.

So überlege ich mir, allenfalls meinen Sportwagen zu verkaufen; denn dieser steht die meiste Zeit sowieso nur in der Garage und wird viel zu wenig bewegt. Zudem ist er von der Energieeffizienz her gesehen eine Dreckschleuder und bleibt als Zweiplätzer ein absolutes *Ego-Teil*.

15

Nach gut zwei Stunden Wanderung erreiche ich den Passo Lucomagno, auf 1'917 Meter über Meer, am südöstlichsten Punkt des Stausees.

Ich erinnere mich an einen Ballonwettbewerb vor ungefähr 35 Jahren. Mein Ballon ist am weitesten geflogen: Bis hier auf den Passo Lucomagno! Damals hatte ich keine Ahnung, wo das war. Heute stehe ich an diesem denkwürdigen Ort und bin gerührt. Leider habe ich den Wettbewerb doch nicht gewonnen, da mein am Ballon festgemachter Zettel erst viel später zurückgeschickt wurde. So hat eine Klassenkollegin von mir gewonnen, trotzdem ihr Ballon nur bis zur Rigi geflogen ist. Wie ungerecht das Leben manchmal ist, ähnlich wie in Beziehungen. Man kann sich darüber aufregen oder nicht – auf jeden Fall ist dies freiwillig.

Genervt stelle ich fest, dass das Postauto kurz zuvor (ungefähr vor drei Minuten) abgefahren ist. So entscheide ich, die Wanderung fortzusetzen. Das bedeutet aber, nochmals ungefähr vier Stunden wandern bis zum nächsten grösseren Ort, wo ich übernachten kann. Denn ich habe kein Zelt dabei und bin anders unterwegs als *Josef.*

Die Wanderung führt mich durch das mir bis jetzt unbekannte Valle Santa Maria – eine wunderschöne Strecke; leicht abschüssig, da ich bis zum nächsten Ort ungefähr 1'000 Höhenmeter überwinden muss. Ich wandere über sattgrüne Wiesen und begegne vielen Kühen, Schafen und Geissen.

Gegen Abend erreiche ich Olivone im oberen Bleniotal. Für diese Ortschaft war der Passverkehr für lange Zeit die wichtigste Einnahmequelle, nebst der Landwirtschaft. Im Ort finde ich eine kleine, einfache Pension zum Übernachten. Zum Glück haben sie noch ein Zimmer frei, sodass ich nach sechsstündiger Wanderung meine Knochen ausruhen kann. In einem nahe gelegenen Restaurant lasse ich es mir gut gehen. Zunächst bestelle ich ein Cüpli und feiere meine bisherigen Erkenntnisse, resultierend aus den Überlegungen meiner Zwischenbilanz von gestern Abend.

Am Nebentisch sitzt eine ältere Dame, wahrscheinlich ungefähr 55 Jahre alt. Ich bin schlecht im Schätzen des Alters von fremden Menschen; vor allem wenn ich noch keine oder nur wenig Worte mit ihr oder ihm gewechselt habe. Und was heisst *ältere Dame?* Würde man Elke Heidenreich fragen, wäre es eine jüngere Frau.

Sie ist akkurat gekleidet – klassisch, aber doch sportlich-elegant. Ihr Style gefällt mir. Wir tauschen ein paar Mal Blicke aus.

«Was gibt's denn zu feiern?», fragt sie ganz unverhohlen.

Darauf war ich nicht gefasst und hätte mich beinahe an einer Olive verschluckt, die mir zum Cüpli serviert wurden.

«Ja, äh ...» stammle ich.

«Ich habe mir eine kleine Auszeit genommen über dieses verlängerte Wochenende, um über ein paar Dinge Klarheit zu erlangen. Jetzt ist ungefähr Halbzeit und die Erkenntnisse dieser Zwischenauswertung lassen sich absolut sehen.»

«Das tönt nach grosser Zufriedenheit – gefällt mir.»

«Und, auch am Wandern?»

«Nein, nein, ich habe einen zweitägigen Besuch gemacht bei meiner Schwester in Locarno. Ich bin mit dem Auto unterwegs. Bin zu spät losgefahren und möchte bei beginnender Dunkelheit nicht mehr weiterfahren. Darum übernachte ich hier in Olivone.»

Das finde ich speziell – ich hätte nochmals bei der Schwester übernachtet und wäre am nächsten Morgen losgefahren. So unterschiedlich sind die Menschen halt.

«Ah praktisch, wenn man im Tessin Verwandte hat.»

«Der Anlass war nicht so schön; es war eher ein *Sozialeinsatz*, den ich geleistet habe.»

«Das tut mir leid.»

«Sie ist vierzehn Jahre älter als ich und hat sich jetzt mit 67 Jahren von ihrem Mann getrennt. Und jetzt ist sie ganz einsam.»

Oh, dann war ich also nicht ganz daneben mit dem Alter: Die ältere Dame ist also 53 Jahre alt, beziehungsweise jung.

«Das kann schwierig werden, wenn man kein grosses Beziehungsnetz hat», werfe ich wissend ein.

«Bingo, das ist genau das Problem: Sie ist mit ihrem Mann kurz vor der Pensionierung in einen kleinen, umgebauten Rustico bei Locarno-Monti gezogen. Sie kennt fast keine Leute dort und spricht auch die Sprache nur schlecht als recht. Zudem hat sie sich einen grossen Teil der Pensionskassen-Gelder auszahlen lassen und hat es in dieses Haus gesteckt. Und nun hat sie nur eine sehr kleine Rente zum Leben.»

«Das hört sich gar nicht gut an.»

«Ja, leider. Aber lassen Sie uns von schöneren Dingen reden, denn mein *Sozialeinsatz* ist jetzt beendet – bis zum nächsten Mal.»

Die ältere Dame hat ihren Apéro, ein Glas Weisswein, beinahe ausgetrunken und mein Cüpli neigt sich ebenfalls dem Ende zu.

«Wollen wir zusammen an einem Tisch essen?», frage ich sie.

«Oh, das wäre schön.»

Ich nehme mein Glas und setze mich an ihren Tisch. Die Serviertochter schätzt die Situation richtig ein und bringt kurz nach meinem Umzug unsere beiden Essen zum gleichen Zeitpunkt. Ich habe gleich mit dem Apéro auch eine *Piccata Milanese* bestellt. Die ältere Dame hat offenbar kurz davor *Coniglio* und *Polenta* gewählt.

«Trinken wir zusammen ein Glas Rotwein?», frage ich sie ganz unschuldig.

«Das klingt gut.»

Wir bestellen einen halben Liter vom Hauswein; da liegt man nie daneben – der muss ja gut sein. Vielfach kein sehr hochstehender Wein, aber ein absolut guter Tischwein.

«Zum Wohl und alles Gute bei der weiteren Wanderung und noch weitere interessante Erkenntnisse.»

«Ja, zum Wohl und auch alles Gute, speziell für Ihre Schwester.»

Mein Essen ist hervorragend; auch mein Vis à-vis ist begeistert von dieser Küche.

«Wissen Sie, ich lebe allein in Winterthur. Ich bin selbstgewählt allein und fühle mich überhaupt nicht einsam; denn ich habe einen grossen Freundes- und

Bekanntenkreis. Mir wird es nie langweilig. Ich finde es tragisch, dass es einsame Menschen gibt.»

Ich erzähle ihr genauer, über welche Dinge ich mir im Klaren sein möchte nach diesem Wochenende.

Es ist ein schöner Austausch, absolut auf Augenhöhe und respektvoll. Gefällt mir.

«Ist es gut, wenn wir uns *du* sagen?», fragt sie nach einer Weile.

«Ja, das finde ich gut – ich bin Sebastian aus Zürich.»

«Ich heisse *Rosmarie.*»

Es ist ein schöner Abend und fühlt sich an wie ein *Mittagstisch,* nur zu späterer Stunde. Auf solche Gelegenheiten kann man sich nur einlassen, wenn man offen ist dazu und gerne im Austausch mit anderen Menschen ist.

Ein feines Nachtessen und nicht so karg wie mit Josef im Val Cadlimo – ich esse gerne etwas Feines und vor allem auch saisonale Sachen aus der Region.

Zum Dessert bestellen wir beide eine *Zabaione* – offenbar ein Hausrezept. Dann verabschiede ich mich von *Rosmarie* und wünsche ihr eine gute Nacht. Wahrscheinlich treffen wir uns wieder zum Frühstück, da sie in derselben Pension eingecheckt hat.

Wie ich im Bett liege, lasse ich mir den vergangenen Tag nochmals durch den Kopf gehen: Ich habe eine schöne Wanderung hinter mir, zuerst durch das von vielen Bächlein und kleinen Seelein durchzogene Val Cadlimo. Die Bekanntschaft mit *Josef*, der meinte, ich solle Ballast abwerfen. Das spezielle Gefühl beim Passo Lucomagno in Erinnerung an einen Ballon-Wettbewerb in früheren Jahren. Dann die tolle Wanderung nach Olivone im Valle Santa Maria und schliesslich das feine Nachtessen in angenehmer Gesellschaft.

16

Am späteren Abend liege ich länger wach in der kleinen Pension in Olivone und überlege mir verschiedene Dinge.

Ich verspürte immer schon eine besondere Anziehung zu älteren Frauen. Der Austausch mit ihnen war für mich stets interessanter, als dies mit jüngeren Frauen möglich war. Dass ich mich damals überhaupt auf *Ruth* eingelassen habe, verstehe ich heute nicht mehr; sie war fünfzehn Jahre jünger!

Auch ältere Frauen als Vorgesetzte fand ich in der Berufswelt bisher spannender als jüngere Personen.

Ist das eine Art Mutterkomplex – so wie das Frauen haben, wenn sie sich einen älteren Mann als Freund aussuchen? Oder fühlt es sich einfach besser an, mit etwas mehr Lebenserfahrung geborgen und aufgehoben zu sein?

Die Psychologie meint dazu: «Die Begriffe Mutter- und Vaterkomplex gehen auf Carl Gustav Jung zurück; diese Haltung ist heute aber definitiv überholt. Grundsätzlich spielt es keine Rolle, mit wem man eine Beziehung eingeht – ob jüngere oder ältere Person – solange keine Abhängigkeiten oder Machtanteile dabei eine Rolle spielen. Sicher wirken sich frühere

Bindungen, was wir damit erlebt und erlernt haben, auf unser späteres Leben und unsere Beziehungen aus. Das ist aber sehr individuell – wie wir Dinge wahrnehmen und integrieren.»

So weit, so gut. Ich denke an eine frühere Beziehung mit einer älteren Frau. Sie hiess *Patrizia* und wohnte im selben Stadtteil von Zürich.

Ich hatte *Patrizia* beim Bankpraktikum kennen gelernt. Über eine gewisse Zeit war ich in ihrer Abteilung, wo sie als Sachbearbeiterin tätig war. Ungefähr fünfzehn Jahre Altersunterschied. Ihre taffe und klare Art hat mich damals sehr beeindruckt. Nach der Arbeit gingen wir zusammen mal etwas trinken; wir haben uns bestens unterhalten und auch Persönliches ausgetauscht. Dabei haben wir herausgefunden, dass unsere Wohnungen nur zirka 500 Meter Luftlinie voneinander entfernt waren. Einmal musste ich ihr zu Hause etwas vorbeibringen. Ich weiss nicht mehr, was es war – auf jeden Fall war es vorgeschoben, damit ich sie zu Hause besuchen konnte.

Sie wohnte mit ihrem sehr eifersüchtigen Freund zusammen; dieser war als Chauffeur bei einer grösseren Firma tätig und hatte oft unregelmässigen Dienst.

An diesem Abend kamen wir uns näher. Ich war damals noch sehr jung und unbedarft – ungefähr achtzehn Jahre alt. Wir küssten uns und haben rumgemacht. Früher hätte man dazu *Petting* gesagt.

Plötzlich hörte *Patrizia* das Fahrzeug ihres Freundes, wie er es auf dem Abstellplatz vor dem Haus parkierte. Der Lastwagen gab ein entsprechendes Geräusch von sich. Wir verabschiedeten uns eilig. Ich kroch weder unter das Bett, noch zwängte ich mich in den Kleiderschrank. Im Treppenhaus habe ich eine Etage höher gewartet, bis er in ihrer Wohnung verschwand. Ich fühlte mich wie in einem Agentenfilm. Aus heutiger Sicht ist es purer Wahnsinn, wie unvorsichtig ich damals als junger *Schnösel* agiert habe.

Wir trafen uns danach einige Male, immer dann, wenn er abends Dienst hatte. Aber nur dieses eine Mal hätte er uns beinahe erwischt. Es war eine schöne Zeit – ich habe es genossen und fühlte mich sehr wohl bei *Patrizia*. Es war eine Art *friend with benefits*, so wie ich dies mit *Jasmin* lebte und immer noch lebe!? Das brachte eine gewisse Konstanz in mein Leben; aber will ich das weiterhin so leben? Und hat das auch dann noch Platz, wenn ich in einer festen Beziehung leben werde?

Ich hatte weitere Beziehungen mit älteren Frauen – da gab es *Erika*, ebenfalls ungefähr fünfzehn Jahre älter als ich. Sie habe ich auch bei der Arbeit kennen gelernt. Offenbar entstehen ungefähr 25 Prozent aller

Beziehungen am Arbeitsplatz. *Erika* hatte auch einen sehr eifersüchtigen Mann, der sie sogar geschlagen hat. Sie wollte sich von ihm trennen, aber das war nicht ganz einfach. Heimlich hatten wir eine wunderschöne Liebschaft mit tollem Sex.

Bei einem weiteren Fachpraktikum, das ich vor ungefähr zwanzig Jahren absolvierte, lernte ich eine etwas ältere Teilzeitangestellte im selben Betrieb kennen. Sie war verheiratet und hatte zwei Kinder. Ich war sofort hin und weg, als ich sie das erste Mal gesehen habe. Diese Zuneigung blieb aber einseitig und war völlig aussichtslos. So blieb es bei meinen Schwärmereien. Ich mag mich erinnern, wie ich meinen Freund *René* bei einer längeren Wanderung über meine Schwärmerei *zutextete*. Er war aber sehr realistisch und hat mich auf den Boden zurückgeholt, dass dies einfach nicht ginge.

Mit den verschiedenen Erinnerungen an ältere und reifere Frauen sowie den Erfahrungen, die ich bei ihnen erleben durfte, schlafe ich schliesslich ein.

17

Am nächsten Morgen treffe ich *Rosmarie* auf der Terrasse der kleinen Pension in Olivone beim Frühstück. Die Sonne scheint und es ist bereits angenehm warm, um draussen sitzen zu können. *Rosmarie* hat sich bereits an einen Tisch mit zwei Gedecken gesetzt.

«Schön, sehen wir uns nochmals vor der Abreise», lasse ich verlauten.

«Das finde ich auch – hast du gut geschlafen?»

«Ja sehr, denn es war ein sehr schöner Abend gestern. Ich liess mir vor dem Einschlafen einiges durch den Kopf gehen.»

«Ich habe auch gut geschlafen, da mein Sozialeinsatz gestern in Locarno offenbar etwas bewirkt hat und ich jetzt das Gefühl habe, dass es meiner Schwester besser geht. Sie hat mir gestern Abend nämlich eine SMS geschickt, dass sie sich für einen Italienischkurs anmelden und im kleinen *negozio d'alimentari* in Locarno-Monti nach einer Aushilfsstelle fragen werde.»

«Das sind ja tolle Neuigkeiten bei dir. Mir sind nach reiflichen Überlegungen ein paar weitere Dinge klarer geworden.»

«Schön, das freut mich für dich, Sebastian.»

Nach dem Frühstück mit Cappuccino und feinen Croissants verabschieden wir uns nun definitiv.

Den Fahrplan des Postautos habe ich auf dem Handy *gecheckt*, sodass ich nicht wieder zu spät bei der Busstation bin. In zehn Minuten kommt das Postauto nach Biasca, in der Leventina.

Beim Warten erinnere mich an die bekannte Greina-Wanderung. Vor ungefähr zehn Jahren war ich mit einer grösseren Gruppe auf dieser dreitägigen Tour von Vrin im Val Lumnezia nach Olivone unterwegs. Diese Gruppe ist entstanden über meine Bekanntschaft mit *Peter*; wir kannten uns aus der Zeit einer früheren Ausbildung. Wir haben oft zusammen Billard gespielt; dabei lernten wir weitere Leute kennen. So hat sich unsere Gruppe stetig vergrössert. Im Winter gingen wir verschiedene Male zum Skifahren nach Davos in die legendäre *Bolgenschanze*. Die Gruppe hat sich im Verlaufe der Zeit von anfänglich sechs auf vierzehn Personen vergrössert. Es war eine schöne Zeit ohne feste Beziehung, aber mit einer Gruppe, die sich als Ersatz bestens eignete.

Auf der Greina-Wanderung waren wir zu sechst aus dieser Gruppe unterwegs. Wir übernachteten in der Terri-Hütte, durchwanderten die Greina-Hochebene und überquerten den Passo della Greina – den Übergang von Graubünden in den Tessin. Am zweiten Tag übernachteten wir in der Adula-Hütte, bis wir schliesslich nach Olivone kamen.

Das Postauto ist sehr gut besetzt – offenbar ist diese Fahrt sehr beliebt. Im hinteren Teil des Busses finde ich noch einen Platz in Fahrtrichtung, neben einem jüngeren Mann; sonst waren nur noch zwei rückwärtsfahrende Sitze frei – da würde es mir aber schnell schlecht. Vor mir sitzt ein weiterer jüngerer Mann mit einem kleinen Kind, wahrscheinlich im Kindergartenalter. Fasziniert schaut dieses Kind zum Fenster hinaus und kommentiert alles, was es gerade sieht. Normalerweise würde ich sofort den Platz wechseln, da mir so viel fremder Text jeweils schnell zu viel wird. Aber es gibt keinen anderen Platz und so lasse ich das *Geplapper* über mich ergehen.

«Papa, schau mal diesen grossen Berg dort.»

«Ja, der ist recht hoch und zuoberst liegt sogar noch Schnee.»

«Papa, wie lange fahren wir noch?»

«Jetzt dauert es ungefähr noch vierzig Minuten, dann sind wir in Biasca.»

«Und warum fahren wir nicht schneller?»

«Ich weiss auch nicht, das Postauto fährt so schnell, wie es eben kann.»

Das Kind dreht sich um und fragt den jüngeren Mann neben mir:

«Papa, weisst du, warum das Postauto nicht schneller fährt?»

Ups, habe ich etwas falsch mitbekommen? Nein, da werden offenbar beide Männer mit *Papa* angesprochen. Heute soll dies ja möglich sein, dass ein Kind eben zwei Väter oder zwei Mütter hat. Und diese beiden Männer scheinen es gut im Griff zu haben.

Unten im Tal angekommen, erreichen wir Biasca auf 301 Meter über Meer. Hier steige ich um und fahre mit dem Regionalbus die Leventina hinauf, bis Rodi Fiesso auf 961 Meter über Meer. Dieser Ort entwickelte sich erst ungefähr Ende des 19. Jahrhunderts zu einem kleinen Dorf, als die Gotthardbahn gebaut wurde. Hier steige ich auf die Luftseilbahn zum Lago Tremorgio um; leider dauert es noch zirka dreiviertel Stunden bis zur nächsten Abfahrt. Ich nutze die Zeit und suche im kleinen Ort eine Einkaufsmöglichkeit für Getränke, denn mein selbstgemachter Eistee ist nach drei Tagen Wanderung zur Neige gegangen. Leider finde ich nur einen kleinen Kiosk, wo es lediglich Cola und sonstige Süssgetränke gibt. Ich erfahre, dass es oben beim Lago Tremorgio ein Restaurant hat, das verschiedene Getränke anbietet. In der Hoffnung, dass dieses Restaurant auch tatsächlich offen ist, kehre ich zurück zur Bodenstation der Luftseilbahn. Der Weg führt mich an verschiedenen Gärten mit kräftig blühenden Blumen vorbei. Ein Garten sticht überraschend hervor: Alles Rosensträucher mit vielen blühenden Blumen in prächtigen Farben; ein herrlicher Duft geht von ihnen aus.

Ich mag mich erinnern, wie meine Mutter mich damals als Jugendlichen beim Verschenken von Blumen und speziell bei Rosen darauf aufmerksam machte, dass es sehr bedeutsam sei, welche Farbe die Blumen hätten. Sie meinte, ich müsse mir schon im Klaren sein, welches Signal auf der anderen Seite ankommt, wenn ich zum Beispiel dunkelrote Rosen verschenken würde. Es gebe Abstufungen entsprechend der Intensität der Beziehung, von weissen, gelben, orangen, rosaroten, roten bis eben zu dunkelroten Exemplaren. Dies habe ich mir damals zu Herzen genommen; in letzter Zeit und vor allem mit meinen kurzlebigen Beziehungen traten diese Überlegungen eher in den Hintergrund. Eigentlich fand ich dies immer eine nette Geste und es erfreute auch mich, wenn die Empfängerinnen darüber entzückt waren.

Damals als Jugendlicher habe ich mich mit meiner Mutter auch oft ausgetauscht über aktuelle Beziehungen; sie kannte ihren Sohn sehr gut und merkte auch, wenn ihm etwas *über die Leber gekrochen* war. Einmal beklagte ich mich bei ihr, dass eine Freundin sich nicht so verhalten würde, wie ich es mir vorstellte und echauffierte mich sehr darüber. Darauf meinte meine Mutter, ich könne diese Freundin nicht verändern, sondern nur meine Einstellung dazu. Heute scheint mir dies selbstverständlich zu sein, aber damals war dieser Hinweis meiner Mutter sehr hilfreich. Was würde sie wohl heute zu meinem Beziehungsgeflecht und den zahlreichen kurzen Affären sagen? Leider ist sie vor vier Jahren plötzlich verstorben.

Die Luftseilbahn bringt mich schnell hinauf zum Lago Tremorgio auf 1'820 Meter über Meer. Im besagten Restaurant am See kaufe ich zwei Getränke für meine weitere Wanderung. Der Weg führt vorbei am tiefblauen See und steigt langsam, aber stetig an Richtung Passo Campolungo, auf 2'318 Meter über Meer. Auf der Alpe Campolungo weiden viele Kühe mit ihren Jungtieren – eine Hinweistafel macht auf die Mutterkuhhaltung aufmerksam. Hier muss man sich entsprechend verhalten, sonst werden die Mutterkühe aggressiv und attackieren auch mal einen Wanderer oder eine Wanderin. Hier oben soll das eben schon vorgekommen sein, wie mir der Luftseilbahnverantwortliche berichtete. Ich entdecke einen Abzweig zum nahe gelegenen Alpsee Lago di Leit auf 2'260 Meter über Meer und mache mich auf den Weg dorthin, um eine kleine Abkühlung zu geniessen.

18

In dieser menschenleeren Gegend beim Lago di Leit entledige ich mich der Wanderausrüstung und springe splitternackt in den sehr frischen Bergsee – gefühlte sechs Grad, ungefähr so kalt wie die Temperatur eines Kühlschrankes. Mit einem sehr lauten Schrei tauche ich kurz ein in dieses kalte Nass; erfrischend ist es allemal. Anschliessend lasse ich mich von der Sonne wärmen und ziehe die Wanderklamotten wieder an.

Mittlerweile ist es Mittagszeit und ich gönne mir etwas zu essen, um den Rest meiner Wanderung nach Fusio gut abschliessen zu können.

Vorhin in Rodi Fiesso habe ich auf dem Weg zur Station der Luftseilbahn eine Anzeigetafel mit verschiedenen Todesanzeigen gesehen; auf weissen Zetteln sind die Namen der Verstorbenen verzeichnet.

Ich erinnere mich an den frühen Tod einer ehemaligen Freundin. Das war ungefähr vor sechs Jahren, als ich über Mittag im Restaurant die Zeitung las und plötzlich wie versteinert bei den Todesanzeigen den Namen eines mir bekannten Menschen lese. Kein Zweifel, das war *Valeria*. Du bist gestorben!

Wir haben uns vor einiger Zeit getrennt und du hast danach geheiratet – den damals noch verheirateten Mann mit Tochter. Wir standen uns nahe, auch über deine Tätigkeit als Masseurin. Du hast ganzheitliche Körpertherapie angeboten und hast mich dabei immer wieder verblüfft mit neuen Methoden, die du an verschiedenen Weiterbildungen kennen gelernt hast – deine Behandlungen haben jeweils gutgetan. Ich war nie der ausgesprochen esoterische Typ, liess mich aber immer wieder auf eine neue Erfahrung aus deinem Therapieangebot ein.

Uns verband zudem ein Motorradunfall, den wir in gemeinsamen Ferien auf einer griechischen Insel erlitten haben. Wir waren zur Mittagszeit zu zweit auf einem grossen Motorrad unterwegs, obwohl ich damals noch keinen Fahrausweis hatte. Zu schnell in einer Kurve, im letzten Moment gebremst, Räder blockiert und schon lagen wir beide auf der Strasse. Du bist auf mich gefallen und darum wurdest du weniger verletzt; lediglich zwei Schürfungen hast du erlitten, eine an der linken Hand und eine am rechten Knie. Eine kleine Narbe ist dir am Bein geblieben. Bei mir musste das arg in Mitleidenschaft gezogene linke Knie geröntgt und anschliessend genäht werden. Mit einem Taxi wurden wir in das kleine Spital dieser Insel gefahren. In der nahe gelegenen Apotheke musstest du zwei Tetanusimpfungen besorgen, die uns beiden dann im Spital verabreicht wurden. Nach einer Grundversorgung wurden wir gegen Abend aus dem Spital entlassen. Wir hatten Glück im Unglück. An derselben Stelle waren vierzehn Tage zuvor zwei Personen gestorben; sie waren ebenfalls mit einem Motorrad zu schnell unterwegs.

Und jetzt bist du tot – offenbar einer Krebserkrankung erlegen, wie aus der Todesanzeige zu entnehmen war. Ich konnte dich nicht mehr fragen, wie es so weit gekommen ist. Damit bin ich jetzt allein gelassen. Ich nahm nicht teil an der Beerdigung, denn zeitlich hat es nicht gepasst. Passt denn ein Todesfall oder eine Beerdigung überhaupt in eine Agenda?

In stiller Trauer habe ich mich versucht an dich zu erinnern und habe ein paar Tage später dein Grab aufgesucht, ohne anderen Menschen zu begegnen. Denn unsere Beziehung damals ging niemanden etwas an.

Mit diesen Gedanken mache ich mich auf den Weg zum Passo Campolungo. Nachdenklich, aber zufrieden komme ich oben an – mit einem herrlichen Rundblick in die weiteren Bergspitzen wie Pizzo Lei di Cima (2'680 Meter über Meer), Pizzo Campolungo (2'713), Pizzo del Prévat (2'557), Pizzo Meda (2'615), Pizzo Massari (2'760) etc. – alles unbekannte Berge für Deutschschweizer. Aber ein wunderschönes Panorama.

Verschiedene Bergsujets halte ich fotografisch fest, damit ich im Nachhinein nachverfolgen kann, wohin meine Reise gegangen ist. Zudem kann ich im Freundeskreis zeigen, welche Anstrengungen und Strapazen ich auf mich genommen habe, um mein Leben in den Griff zu bekommen. Und wer weiss, wann ich das nächste Mal hier vorbeikommen werde.

Auf dem Display meines Handys sehe ich den Eingang einer WhatsApp. Das ist sicher *Jasmin*, die gerne auf diese Wanderung mitgekommen wäre. Nein, weit gefehlt – es ist meine Grossmutter, die sich nach ihrem Enkel erkundigt.

«Habe verschiedene Male versucht, dich telefonisch zu erreichen – aber leider ohne Erfolg. Darum schreibe ich dir eine SMS. Wie geht es dir? Alles okay?»

Ich bin sehr gerührt ob der Nachfrage von Grossmutti – so schön! Wir pflegen einen engen Austausch miteinander. Sie musste sich vieles anhören von mir, auch von den verschiedenen Beziehungen. Sie hat mich immer gut beraten dazu. Darum möchte ich sie nicht enttäuschen und ihr auch einmal von einer länger dauernden Beziehung berichten können.

Sie ist sehr versiert mit *Social Media*; in einem Kurs bei Pro Senectute hat sie sich das entsprechende Know-how angeeignet. Ich konnte sie überzeugen, dass es wichtig ist, mit den technischen Mitteln mitzuhalten. Seit Grossvater vor zwei Jahren gestorben ist, blühte sie auf und hat verschiedene Aktivitäten in Angriff genommen: So besucht sie regelmässig zweimal in der Woche einen Mittagstisch, um unter Leuten zu sein und sich austauschen zu können. Zudem geht sie regelmässig zu einem Jassnachmittag in ihrem Quartier, denn soziale Kontakte sind wichtig, um nicht zu vereinsamen.

«Schön, von dir zu lesen. Bin grad auf einer Wanderung im Tessin, darum hast du mich nicht erreichen können. Wenn ich wieder zu Hause bin, werde ich dir die Fotos zeigen. Mach's gut und bis bald – bin so stolz auf dich, dass wir zusammen *SMSlen* können», schreibe ich zurück.

Der Abstieg führt mich über die Alpe Pianascio, vorbei am Stausee Lago del Sambuco – im gleichnamigen Val Sambuco. Mit zahlreichen Spitzkehren überwinde ich die gut 1'000 Meter Höhenunterschied bis nach Fusio auf 1'289 Meter über Meer.

Fusio ist gemäss Tessin Tourismus die höchstgelegene Ortschaft im Val Lavizzara. Der kompakte Ortskern weise noch viele charakteristische alte Bauten aus Stein und Holz auf. Der Ursprung des Dorfes werde dokumentarisch auf das Jahr 1286 festgesetzt, doch es sei nicht auszuschliessen, dass die Walser auf ihrer Reise vom Wallis ins Tirol auch hier Spuren hinterlassen hätten.

Im stilvoll renovierten Hotel in Fusio checke ich ein. Beim Umbau wurden die alten Holzböden belassen sowie spezielle Materialien für den weiteren Ausbau verwendet. Die mediterrane Küche und auserlesene Weine lassen das Gourmetherz höherschlagen.

«Sie waren doch vor zwei Jahren bei uns oder täusche ich mich?», fragt die sehr sympathische Frau an der Rezeption.

Da staune ich nicht schlecht, dass sie sich noch an mich erinnern mag. Ich war mit *Jasmin* über ein verlängertes Wochenende hier.

«Ja genau und wir haben es sehr genossen.»

«Was möchten Sie trinken?»

Mittlerweile ist es Apéro-Zeit und ich bestelle einen Aperol Spritz.

«Kann ich mich auf die Terrasse setzen?»

«Ja natürlich – der Drink kommt sofort.»

Ich freue mich über den herzlichen Empfang.

«So, und nochmals herzlich willkommen bei uns. Dieser Drink geht übrigens aufs Haus.»

Es fühlt sich vertraut und schön an, wieder hier im hintersten Ort im Val Lavizzara zu sein. Und geschafft, angesichts meiner Bergwanderung über das

verlängerte Wochenende. Ich bin ein wenig stolz auf
mich, dass ich dies durchgezogen habe.

Vor dem Nachtessen mache ich einen kleinen Abste-
cher und begebe mich auf den Architekturpfad in Fusio – speziell umgebaute Häuser werden da präsentiert. Auch die Schindeldächer aus Lärchen- oder
Tannenholz auf einigen Ställen sollen typisch sein für
den hiesigen Baustil. Ich erinnere mich, dass wir vor
zwei Jahren im Hotel Fahrräder ausleihen konnten
und einen Ausflug ins Val Pecchia unternommen haben. Zum Glück waren es E-Bikes, denn der Höhenunterschied im Val Lavizzara ist teilweise beträcht-
lich.

Im Weiler Mogno, der zur Gemeinde Fusio gehört,
besuchten wir damals die von Mario Botta erbaute
moderne Kirche. Die alte Kirche wurde 1986 offenbar
von einer Lawine vollständig zerstört.

Dass wir vor zwei Jahren diese Gegend ausgewählt
haben, hatte auch eine Bewandtnis. Die Frage war:
Wo in der Schweiz hat Mario Botta eine moderne Kirche gebaut? Wir haben gewettet, ob es im Val Lavizzara in Mogno oder anderswo ist. Um die Wahrheit
zu erfahren, verbrachten wir damals ein verlängertes
Weekend in Fusio. Ich habe hundert Franken gewonnen! Anstandslos hat *Jasmin* eine Hunderternote aus

dem Portemonnaie gezogen, als wir vor der Kirche standen.

Die Akustik in dieser Kirche ist absolut super. Darum haben wir dort gesungen und gejodelt, sobald wir in der Kirche allein waren. Und dies ist selten der Fall, denn diese Kirche ist offenbar in jedem Reiseführer verzeichnet und zieht dementsprechend viele Besucher und Besucherinnen an.

Die unkomplizierte Art von Beziehung *friend with benefits* mit *Jasmin* hat eigentlich schon etwas für sich – im Gegensatz zu den teilweise schwierigen Verstrickungen und Verhärtungen in diversen Beziehungen, die ich erlebt habe. Wieder frage ich mich, warum eigentlich hat die Beziehung mit *Petra* ein Ende gefunden? Ich weiss es nicht wirklich – es hat einfach nicht mehr gepasst.

Nach dem kleinen Spaziergang durch den Ort geniesse ich in meinem Hotel ein wunderbares Tessiner Nachtessen; dieses wird begleitet von einem hervorragenden Merlot.

Beim Tessiner Merlot kommt mir unweigerlich der *Selezione d'ottobre* in den Sinn. Damals mit *Andrea* waren wir einmal zum Weinfest in Brione sopra Minusio eingeladen. Die Einladung hat der Vater von *Andrea* mit seinen Beziehungen möglich gemacht; da wurden offenbar nur handverlesene Personen eingeladen.

Daher war das Ambiente sehr speziell; damals als 25-jähriger war es mir unter all den elegant gewandeten Personen – Frauen alle in langer Robe – nicht ganz wohl. Ich erinnere mich, ein wenig *underdressed* gewesen zu sein.

Nach dem feinen Nachtessen ziehe ich mich in das schöne Hotelzimmer zurück; nun darf ich endlich wieder weiterlesen im neuen Kriminalroman von Martin Walker – einer meiner Lieblingsautoren, wenn es um Krimis geht. Ich schätze bei ihm vor allem die Verbindung von Kriminalgeschichten mit kulinarischen Höhenflügen, welche sein Protagonist in Form von wunderbaren Nachtessen für seine Freunde und Bekannten jeweils hinzaubert.

19

Mit Vogelgezwitscher wache ich am nächsten Morgen in Fusio auf. Früh zeigt sich die Sonne am Himmel und lässt draussen angenehme Temperaturen erahnen. Zufrieden bin ich am Ziel meiner längeren Wanderung angekommen. Normalerweise gehe ich unter die Dusche, bevor ich mich zum Frühstück begebe. Ich erinnere mich an *Roberta*. Sie duschte nicht jeden Tag, was für mich bis dahin unvorstellbar war. Sie rechtfertigte sich lapidar, sie sei über Nacht ja nicht dreckig geworden.

Roberta lernte ich auch bei der Arbeit kennen. Wir hatten eben einen Teamausflug hinter uns und unsere Nachhausewege führten am Ende des Tages noch ein Stück weit gemeinsam weiter. Erst auf dem Perron des Hauptbahnhofes trennten sich unsere Wege. Zum Abschied haben wir uns geküsst – so wie es üblich ist mit Küsschen links und rechts auf die Wangen. Im Nachhinein sagte sie mir, ich hätte sie damals einmal mehr geküsst als üblich und zudem sei die Dauer beim letzten Wangenkuss länger und intensiver gewesen als sonst. Darum hätte sie aufgrund des Küssens gewusst, dass ich offenbar mehr wollte von ihr.

Unsere Beziehung hielten wir zunächst geheim, da wir ja nicht sicher waren, wohin das führen würde, und dies erst noch am selben Arbeitsort. Es war eine schöne und unbeschwerte Zeit mit ihr. Leider endete die Beziehung so schnell, wie sie entstanden war. Ihr Ausspruch ist mir aber geblieben.

Diesen nehme ich mir heute Morgen zu Herzen und begebe mich ungeduscht zum Morgenessen. Das Frühstück ist sehr reichhaltig, mit allerlei Süssigkeiten, wie es in der Südschweiz eben üblich ist.

Mit einem kleinen Postauto fahre ich los, Richtung Locarno. Ein *normales* Postauto könnte auf dieser Strecke nicht fahren, denn sehr enge Haarnadelkurven schlängeln sich hinunter bis Bignasco auf 416 Meter über Meer. Die Chauffeuse dieses Postautos fährt mit *Stöckelschuhen* – für mich unvorstellbar, so zu fahren in diesen engen Kurven. Auch mit dem kleinen Postauto muss sie teilweise zweimal ansetzen, damit sie das Gefährt sicher um die engen Windungen bringen kann. In Bignasco habe ich eine halbe Stunde Aufenthalt und muss auf einen grösseren Regionalbus umsteigen. Hier ist der Knotenpunkt zwischen Val Bavona, Val Lavizzara und Valle Maggia.

Auf dem Dorfplatz von Bignasco sitzen ein paar ältere Männer zusammen und referieren lautstark über

Politik und weitere Alltagsgeschichten. Sie wirken zufrieden und sind sozial gut eingebettet in dieser kleinen Ortschaft, zuhinterst im Maggiatal. Ihre Haut ist von der Sonne gebräunt und mit Runzeln versehen.

Da kommt mir eine Begegnung mit einem älteren Mann in den Sinn; es war im Restaurant anschliessend an eine Beerdigung. Dieser rüstige 98-jährige Mann erzählte mir, sie (drei Männer im ähnlichen Alter) hätten es sehr gut miteinander. Nach dem Tod seiner Frau vor ungefähr zwanzig Jahren sei das sein jetziges Beziehungsnetz. Er sei hier sozial integriert und im Leben immer noch dabei – in einer kleineren Stadt am Nordrand der Schweiz. Wir bestellten nochmals ein Glas Rotwein und stiessen auf das Leben an. So schön!

Die Reise geht mit einem Gelenkbus des Regionalverkehrs weiter nach Locarno. Auf beiden Seiten ist das Maggiatal gesäumt mit weit hinauf bewaldeten Hügeln; entlang der Strasse verläuft die Maggia, momentan mit sehr viel Wasser. Die Busfahrt führt mich nach Cevio.

Hier haben wir vor einigen Jahren über Weihnachten und Neujahr ein grösseres Haus gemietet. Wir waren eine Gruppe junger Leute, die traditionelle Weihnachten weniger toll fanden, aber gerne unter

Menschen waren in dieser Jahreszeit. Wir waren vorwiegend Singles, bis auf ein Paar mit Patchwork-Tochter.

Mein Freund *Roland* und ich haben das Haus gemietet und einen grossen Grundeinkauf im lokalen Coop getätigt. Die Idee war, gemeinsam zu kochen – je nach Lust und Laune; dies funktionierte recht gut. So liess sich immer wieder ein Gespann finden, das eine Mahlzeit zubereitete und ein anderes Duo, das anschliessend den *Abwasch* übernahm. So kamen immer wieder neue Konstellationen mit spannendem Austausch zusammen. Einige Personen blieben nur ein paar Tage, dafür kamen wieder neue Leute dazu – ein Kommen und Gehen. *Roland* und ich blieben die ganze Zeit. Ein Teil der Personen war aus der Davoser Gruppe.

Ich erinnere mich an Spannungen beim einzigen Paar; *Roland* erzählte mir einige Zeit später, sie hätten sich sehr schmerzlich getrennt. Schade für die nicht gemeinsame Tochter, denn sie erlebte erneut einen Beziehungsabbruch. Zudem kommt mir in den Sinn, wie sich einer meiner Bekannten aus der Männergruppe sehr offensichtlich an eine gute Freundin von mir heranmachte. Für mich war das ein wenig irritierend.

Trotz allem war es aber ein gutes Erlebnis – *Roland* und ich waren uns nachher einig, das können wir gerne mal wiederholen.

Nach Someo erreichen wir Maggia, den Hauptort dieses Tals. Hier hält der Bus ein wenig länger, denn der Chauffeur muss bei der Poststelle Briefe und Pakete ein- und ausladen. Auf dem Dorfplatz wird bereits in den Morgenstunden *Pétanque* gespielt: Das südliche Feeling des Geniessens und wahrscheinlich gibt es auch zur Morgenstunde bereits einen *Boccalino* Rotwein dazu.

Bei diesem Anblick erinnere ich mich an eine Begegnung beim Pétanquespielen auf der Josefwiese in Zürich; ich war an einem Freitagnachmittag beim Training. Oft gesellten sich auch Neulinge dazu, die daran interessiert waren, als erste Gehversuche mitspielen zu können. So traf ich hier *Susanne* das erste Mal. Wir spielten zusammen in einer *Doublette* (zwei gegen zwei Spielende). Es lief gar nicht so schlecht – sie hatte Talent beim Spielen. Natürlich gab es nach dem Spiel etwas zu trinken. Nicht Pastis wie in Frankreich, sondern ein Bier. Anschliessend gingen wir in der Innenstadt etwas Kleines essen. Wir tauschten die üblichen Daten aus: Unter anderem stellte sich *Susanne* als Psychologin vor. Am späteren Abend dann die obligate Frage – zu mir oder zu dir?

Im Nachhinein stellte sich heraus, dass sie mit einem Partner zusammenwohnte.

Bei derselben Arbeitsstelle mit *Roberta* war eine Praktikantin beschäftigt, die eine gute Freundin von *Susanne* war. Wie klein doch die Welt ist – da schienen sich alle zu kennen. Auf jeden Fall bedauerte es *Susanne* offenbar, dass sie fremdgegangen war. Die Praktikantin meinte, ich könne ja nichts dafür. Zudem hätte sie *Susanne* gesagt, ich sei kein Mann zum Flirten, sondern einer zum Heiraten. Ups, und wo stehe ich heute?

Der Bus fährt schliesslich weiter via Gordevio nach Ponte Brolla: das Tor zum Maggia Delta und dem Grossraum Locarno.

Während der Beziehung zu *Andrea* verbrachte ich viel Zeit in Locarno und Umgebung – darum ist mir diese Gegend sehr vertraut und bedeutet für mich immer wieder *ein Nachhausekommen*.

Ich entscheide mich spontan, in Locarno nochmals zu übernachten, bevor ich wieder in die Deutschschweiz und somit in meine reale Welt zurückkehren werde. Zum Glück habe ich bei der Arbeit eine ganze Woche frei eingegeben. Aus dem ursprünglich geplanten verlängerten Wochenende wird nun fast eine Woche.

Ich kenne ein kleines Boutique-Hotel am Rande der Altstadt von Locarno, mit wunderschönem Blick auf den Lago Maggiore. Zudem hat es einen sehr ruhigen und entspannenden Garten – fast parkähnlich: südliche Pflanzen, vor allem Palmen, Vogelgezwitscher und viel meditative Ruhe. Vielleicht komme ich da auf weitere positive Überlegungen zum Thema Beziehungen!?

«Ah, Sebastian du kommst mal wieder vorbei – so schön!», begrüsst mich *Miranda* an der Rezeption.

Aus dem *salotto* höre ich *Francesco* rufen: «*Che piacere!*»

Dieses Paar kenne ich schon sehr lange und immer, wenn ich in Locarno bin, steige ich bei ihnen ab. Ein kleines, gemütliches und sehr familiäres Hotel.

«Was machst du in Locarno?», will *Miranda* wissen.

«Das ist eine längere Geschichte.»

«Hast du schon etwas gegessen?», fragt *Francesco*.

«Nein, ich bin jetzt erst angekommen und wollte fragen, ob ihr noch ein freies Zimmer habt?»

«Für dich doch immer, Sebastian. Ruh dich ein wenig aus auf dem Zimmer und komm in einer halben Stunde wieder, dann essen wir zusammen *pranzo*», meint *Francesco*.

«Du kannst das Zimmer Nummer fünf haben, dein Lieblingszimmer mit der Terrasse auf die Seeseite.»

«Das ist so lieb von euch – bis später.»

«Und dann erzählst du uns beim Mittagessen alle Neuigkeiten.»

Miranda platzt fast vor Neugierde.

Miranda und *Francesco* sind sehr gastfreundlich; vor Jahren konnte ich bei ihnen mal übernachten, trotzdem sie kein freies Zimmer mehr hatten. Ihr sehr spezielles Angebot für Freunde war und ist wahrscheinlich heute noch so, gemeinsam mit ihnen in ihrem Bett zu übernachten. Wie sie mir damals diesen Vorschlag machten, war ich zunächst ein wenig *vor den Kopf gestossen*, habe ihr Angebot aber dankend angenommen. Dabei ging es aber überhaupt nicht um eine *polyamouröse* Geschichte, wie dieses Angebot wohl von vielen vorschnell in diese Schublade gesteckt würde. *Miranda* und *Francesco* sind einfach nur herzensgute Menschen und immer da für ihre Freunde.

Francesco zauberte ein einfaches, aber sehr leckeres Mittagessen. Nach drei Stunden essen, erzählen und detailliert berichten – denn *Miranda* ist so was von neugierig und wollte alles ganz genau wissen – gibt es *caffè e dolci*.

«Da hast du eine grosse Wanderung hinter dir und dabei einiges erlebt und verarbeitet», meinen beide anerkennend.

«Ja und darum freut es mich speziell, dieses verlängerte Wochenende hier bei euch ausklingen zu lassen.»

<h1 style="text-align:center">20</h1>

Nach dem ausgedehnten Mittagessen und der Berichterstattung an die zwei Gewundernasen, geniesse ich die Siesta auf einem Liegestuhl im wunderschönen Garten des kleinen Hotels. Leises Rauschen der Palmblätter im Wind, verschiedene Vögel zwitschern um die Wette, ein kleines Bächlein plätschert über die Steine – Entspannung pur und für mich tatsächlich nochmals eine gute Möglichkeit, mich meinem ursprünglichen Thema für dieses verlängerte Wochenende zu widmen. Wie geht es beziehungsmässig weiter in meinem Leben? Was erhoffe ich mir? Wie soll das aussehen? Was bin ich bereit, dazu zu leisten? Welches sind die nächsten Schritte? Was ist das absolute No-Go? Was wäre das Schlimmste, was passieren könnte? Auf einer Skala von 1 bis 10 – wo stehe ich da? Alles Fragen, wie ich sie aus der letzten Psychotherapie bestens kenne.

Es ist angenehm warm heute Nachmittag. *Miranda* bringt mir eine erfrischende Lemon Soda und fragt: «Alles gut bei dir?»

«Ja, du bist ein Riesenschatz, *Miranda*.»

«Du gibst einfach Bescheid, wann du gerne zu Abend essen möchtest.»

«Das werde ich machen. Jetzt will ich noch ein paar Gedanken ordnen und anschliessend im See schwimmen gehen.»

«Das machst du gut, Sebastian. Bis später.»

Während meinen Überlegungen kommt mir nochmals der Gedanke hoch, was wohl aus all meinen bisherigen Beziehungen geworden ist.

Von *Jasmin*, mit der ich immer noch Kontakt habe, weiss ich, wo sie steht und wie es ihr geht.

Valeria ist gestorben – die Todesanzeige habe ich gelesen und ich war auf ihrem Grab.

Maria habe ich eben erst kennen und schätzen gelernt.

Ich beginne im Internet zu recherchieren. Ein paar Mal muss ich auf die *Weissen Seiten*, local.ch oder Facebook zugreifen, um weitere Informationen zu erhalten. Eine Anfrage muss ich sogar telefonisch über die Einwohnerkontrolle einer Gemeinde im Zürcher Oberland tätigen, um einen aktuellen Wohnort herauszufinden. Ich komme schnell voran und erfahre beinahe alles; vor allem das Internet ist ein absolut taugliches und effektives Mittel dazu:

Michèle ist Chefsekretärin bei einem internationalen Konzern. Das ist für mich keine wirkliche Überraschung; das passt gut zu ihr.

Ruth ist Dozentin für vergleichende Biochemie. Was soll ich mir darunter vorstellen? Die gängigste Definition dazu ist laut Internet: die Untersuchung evolutionärer Beziehungen oder die Untersuchung von Unterschieden und Ähnlichkeiten in biologischen oder physiologischen Prozessen zwischen lebenden Organismen. Ob sie da wirklich Fuss fassen und sich tatsächlich für etwas entscheiden kann, ist für mich unklar. Aber zum Glück muss ich das nicht weiter hinterfragen.

Andrea ist verheiratet mit einem Banker – wie könnte es auch anders sein. Sie wohnt in *Rorschach* und hat drei schulpflichtige Kinder.

Gabriela hat sich zur Physiotherapeutin umschulen lassen und führt jetzt eine eigene Praxis; sie ist geschieden und lebt nun in einer Patchwork-Familie mit zwei Stiefkindern. Dann hat sie sich also doch getrennt von ihrem damaligen Mann.

Vanessa ist ebenfalls in die Region Toggenburg gezogen wie ihr Vater und führt einen kleinen landwirtschaftlichen Biobetrieb. Schafzucht inklusive.

Patrizia ist immer noch im Bankbereich tätig – sie wurde per Anfang letzten Jahres zur Prokuristin befördert. Offenbar wohnt sie noch immer am selben Ort in Zürich.

Siglinde lebt heute in Salzburg, zusammen mit einer Frau – sie waren das erste lesbische Paar, das auf dem dortigen Standesamt offiziell geheiratet hat.

Iris hat nach dem Sprachaufenthalt in Chester Anglistik studiert und ist heute Oberstufenlehrerin für Englisch.

Nach diesen ersten Nachforschungen frage ich mich: Was nützen mir alle diese Erkenntnisse? Ganz gewiss bringen mich diese Details nicht weiter. Das sind ja Lebensentwürfe von Menschen, mit denen ich über kürzere oder längere Zeit verbunden war, aber heute eigentlich nichts mehr zu tun habe. Also kann ich es auch lassen.

Wenn ich einer Person aus einer früheren Beziehung tatsächlich wieder begegnen sollte, wird dies das Schicksal schon richten. Eine solche Begegnung hätte dann wahrscheinlich auch eine tiefere Bedeutung.

Dazu erinnere ich mich an eine Situation, wie sie sonst eher in Filmen vorkommen: Mit meinem guten Freund *Roland* sass ich in einem angesagten Restaurant in der Zürcher Innenstadt. Wir wollten wieder einmal auswärts essen gehen. Dabei unterhielten wir uns vertieft über ein spannendes Thema – was es genau war, erinnere ich mich nicht mehr. Auf jeden Fall waren wir stark absorbiert in unserer eigenen *Bubble*. Als sich der Kellner mit einem Räuspern für die Bestellung des Nachtessens bemerkbar machte, war es fast wie ein Erwachen aus einer anderen Welt. Danach ging unser Gespräch unvermindert und nicht weniger intensiv weiter.

Aus dem rechten Augenwinkel registrierte ich, dass sich am Tisch nebenan ein Paar niederliess; zwar ein wenig umständlich, bis auch der grosse Hund unter dem Tisch Platz gefunden hat. Wir sahen uns nicht gemüssigt aufzuschauen, denn unsere Diskussion war weiterhin sehr angeregt.

Nach ungefähr einer halben Stunde wurde das Essen serviert. Wir prosteten uns kurz zu und unser vertieftes Gespräch ging auch zwischen den Bissen ohne Unterbruch weiter.

Als wir zum Dessert kamen, merkte ich, wie mein rechter Arm kurz angetippt wurde. Ich drehte mich nach rechts und erkannte zu meiner Überraschung *Iris*, offenbar mit ihrem neuen Freund. Ein kurzes *Abchecken*: Sie schaute unsicher und unschuldig zu mir, in Begleitung eines deutlich älteren Mannes mit Machoallüren und zudem ein bulliger Hund unter dem Tisch.

«Hallo», hörte ich *Iris* sagen.

«Hallo», gab ich zurück.

Ich sah keine Veranlassung, mehr dazu zu sagen. Auch gab es keinen Grund, *Iris* meinem Freund *Roland* vorzustellen. Ich hatte weder Lust zu erfahren, wie der neue Freund hiess, noch wer er war. Dies nachdem ich damals in England von *Iris* so unschön abserviert wurde. Es gab nichts mehr zu sagen, denn unsere Beziehung war definitiv zu Ende.

Nach dem Dessert verlangten wir die Rechnung.

«Tschüss zusammen», sagte ich ganz bestimmt.

«Tschüss …», sagte *Iris* ein wenig verdattert und ich meinte, einen Hauch eines Anlaufes von weiteren Wörtern wahrgenommen zu haben.

Da waren wir aber bereits auf dem Weg zum Ausgang.

Ich konnte diese Geschichte nun definitiv abhaken.

Um nach dieser Schicksalsgeschichte auf andere Gedanken zu kommen, packe ich meine Badesachen und fahre mit dem Bike, das ich von *Francesco* ausleihen konnte, zum Lido unten am See. An diesem Sommertag war die Badeanstalt gut besucht. Für viele Einheimische ist der Lido nach wie vor ein Geheimtipp, denn die Touristen baden an den öffentlich zugänglichen Stellen am See oder sie fahren mit einem gemieteten Boot hinaus und springen dann zur Abkühlung in den See.

So ähnlich gestaltete sich der Abschluss einer zweitägigen Wanderung im Tessin. Ich war mit *Christine* unterwegs. Ich lernte sie auf einer Gruppenwanderung kennen. In der «WOZ» («Wochenzeitung») fand ich vor Jahren eine Annonce einer alternativen Wandergruppe, die weitere Teilnehmende suchte. Ich war zu diesem Zeitpunkt wieder einmal Single und meldete mich darum auf diese Anzeige. Die Ziele dieser Wanderungen waren nicht sehr ambitioniert, denn der Spassfaktor spielte eine weit grössere Rolle. Es wurde viel diskutiert, getrunken und geraucht. Mit *Christine* verstand ich mich auf Anhieb bestens und wir trafen uns nachher auch privat. So entwickelte sich mehr aus dieser anfänglichen Wanderbekanntschaft.

Einmal verabredeten wir uns zu dieser zweitägigen Wanderung im Tessin. Am Abend des zweiten Tages kamen wir sehr verschwitzt in Locarno an. Unsere Zugverbindung erlaubte einen kleinen Aufenthalt in der Stadt. Zunächst kauften wir ein paar Sachen, um später im Zug essen zu können. Danach mieteten wir für eine halbe Stunde ein Pedalo-Boot und fuhren damit ein Stück weit hinaus. Als wir ausser direkter Sichtweite vom Ufer waren, zogen wir beide die Kleider aus und sprangen nackt in den See. Da wir bei dieser Wanderung einmal übernachteten, hatten wir auch Duschmittel dabei. Nach dieser *Katzenwäsche*

stiegen wir frisch gewaschen und zufrieden in den
Zug nach Zürich.

21

Im Lido am Lago Maggiore hat es abgesteckte Bahnen zum Schwimmen. Dies kommt mir entgegen, denn so weiss ich, wie weit ich geschwommen bin. Draussen auf dem See ist das jeweils schwer abzuschätzen. Ich schwimme einen Kilometer und lasse mich anschliessend an der Sonne trocknen. Die Lufttemperatur ist momentan sehr angenehm und gegen Abend bläst sogar ein feines Lüftchen.

Wie ich ein wenig angetrocknet bin, mache ich mich auf den Weg zur Bar. Dies ist eine der angesagtesten Bars in ganz Locarno, mit dem grössten und effektivsten *Flirteffekt*. Aus der Zeit mit *Andrea* ist mir das noch bekannt, obwohl wir uns anderweitig kennen gelernt haben. Aber ihre Schwester hat hier ihren Traummann gefunden: Geflirtet, Beziehung eingegangen, geheiratet, zwei Kinder bekommen – das ganze Programm. *Und wenn sie nicht gestorben sind, dann leben sie …*

Langsam dunkelt es ein und wie ich auf die Skyline von Locarno schaue, erinnere ich mich an die Beziehung mit *Liselotte*. Ihre Mutter hat hier als Altersvorsorge eine Eigentumswohnung gekauft; die Wohnung war in einem hässlichen Hochhaus untergebracht. Von der Wohnung aus hatte man aber einen schönen Blick auf den See. Die Zweizimmerwohnung war klein und zweckmässig eingerichtet.

Mit *Liselotte* absolvierte ich die gleiche Ausbildung am IAP (Institut für Angewandte Psychologie) – für die Abschlussarbeit (Bachelorarbeit) haben wir uns gemeinsam ein Thema vorgenommen: *Die Integration von psychisch beeinträchtigten Menschen in die Arbeitswelt.* Damals ein neuer Gedanke, heute mittlerweile sehr verbreitet – wie dies beispielsweise die Zürcher Arbeitskette in den von ihnen geführten Restaurants sehr effektiv umsetzt: Auf hohem Level werden liebevoll zubereitete Köstlichkeiten zum Essen serviert und auserlesene Weine angeboten. Der Service ist trotz geringfügiger Unzulänglichkeiten liebevoll, erfrischend und zuvorkommend. *Liselotte* und ich zogen uns zum Schreiben dieser Abschlussarbeit in die Wohnung ihrer Mutter in Locarno zurück.

Liselotte hatte mit drei Männern aus derselben Klasse im IAP hintereinander eine Affäre, ich inklusive. Als wir alle durch waren, pflegte ich mit *Liselotte* weiterhin einen freundschaftlichen Kontakt.

Sie lud mich sogar an ihre Hochzeit ein; diese fand in Flims statt, mit Übernachtung. Hier in dieser vertrauten Umgebung verbrachte die Familie des Bräutigams in früheren Jahren jeweils ihre Skiferien.

Flims hat sich im Verlauf der letzten vierzig Jahre vom Bauerndorf zu einem sehr mondänen Ort entwickelt. Gemessen an den Immobilienpreisen kann es heute absolut mithalten mit Lenzerheide, St. Moritz oder so.

Marcel, der Bräutigam, hat *Liselotte* während eines Auslandaufenthalts mit einer anderen Frau betrogen. Als Retourkutsche können wahrscheinlich die kurzen Beziehungen mit uns dreien gesehen werden. Dies alles geschah zum Zeitpunkt, als die beiden bereits verlobt waren. Man muss sich das mal vorstellen. Alle Seitensprünge wurden offenbar deklariert und die Hochzeit der beiden hat trotzdem stattgefunden.

Die Anreise zu diesem Hochzeitsfest war individuell. In Flims angekommen, haben wir zunächst die Zimmer bezogen, uns ein wenig frisch gemacht und in die Abendroben gestürzt. Ich erinnere mich an die Rede des Vaters von *Marcel*. Er war Germanist und CEO eines grösseren Schweizer Betriebes und sich also gewohnt, vor Leuten zu sprechen. Für die Rede hatte er sich ein philosophisches Thema vorgenommen – ich meine mich an das Thema *Beziehung* erinnern zu können, welches er in allen Facetten zu beleuchten versuchte. Eine gefühlte Ewigkeit und schier endlos schien diese Ansprache zu dauern. Alle hatten

Hunger und sassen vor der kurz zuvor servierten Suppe, welche zunehmend kalt wurde. Während dem Warten bin ich fast kollabiert, weil ich vom Apéro bereits zwei Gläser Weisswein intus, aber noch nichts Vernünftiges gegessen hatte.

Trotz einer gigantischen philosophischen Abhandlung zum Thema Beziehung fiel die Quintessenz zum Schluss eher bescheiden aus beziehungsweise beschränkte sich auf die Binsenwahrheit, dass eine Beziehung auf Liebe, Respekt und Vertrauen basiere. Mit dieser bahnbrechenden Erkenntnis waren wir von der langen Warterei erlöst und konnten uns endlich der lauwarmen Suppe widmen.

Die Vorspeise und dann der Hauptgang waren eher langweilig, aber in Ordnung. Heute würde dieses Menu im Konkurrenzkampf der Gastronomie nicht mehr standhalten; da müsste definitiv ein kreativeres Essen her, mit Varianten für Vegetarier, Veganer und all den verschiedenen Intoleranzen.

Vor dem Dessert gab eine Freundin von *Liselotte* drei Lieder von Edith Piaf zum Besten. Vor allem das weltweit berühmte Chanson aus dem Jahre 1960 *Non, je ne regrette rien* hat diese Freundin sehr packend gesungen. Alle Hochzeitsgäste waren sehr angetan von dieser Darbietung und bekundeten dies mit einem langen Applaus. Inhaltlich passte das Stück nach zahlreichen Seitensprüngen bestens zum heutigen

Tag: *Car ma vie, car mes joies, aujourd'hui, ça commence avec toi.*

Gemäss Wikipedia wird dieses Lied in verschiedenen Filmen verwendet. So unter anderem im deutschen Film *Keiner liebt mich* von Doris Dörrie im Jahr 1994. Eine eigenwillige Interpretation des Themas mit dem Titel *Frühling in Paris* findet sich ebenso auf dem 2009 erschienenen Album *Liebe ist für alle da* von Ramstein. Dieses Lied hat 2010 Verwendung im Film *Inception* gefunden; dort signalisiert es den Träumenden, dass die Zeit abgelaufen ist und sie in Kürze aufwachen müssen. Zudem wird dieses Lied auch in zwei Folgen der Kultserie *Star Trek* verwendet.

Weniger Science-Fiction war dann die Ansprache des Bruders von *Liselotte*. Da ihr Vater bereits einige Jahre zuvor verstorben und ihre Mutter keine gute Rednerin war, sah sich ihr Bruder *Marco* gemüssigt, auch etwas zu sagen zur Hochzeit seiner Schwester. Er war politisch tätig in einem Exekutivamt – entsprechend ausgedehnt, aber inhaltlich nichtssagend war sein Auftritt. Worthülsen über Worthülsen und man wähnte sich fast in einer politischen Wahlveranstaltung. Dabei meinte er es gar nicht so schlecht und wollte doch nur das Beste für seine Lieblingsschwester. Zum Schluss gab es einen Toast auf *Liselotte* und *Marcel*.

22

Ich sitze mit einem Aperol Spritz an der Bar im Lido von Locarno. Tief in Gedanken versunken, lasse ich mir die Hochzeit, die zahlreichen Seitensprünge sowie die kernigen Begriffe wie Treue, Vertrauen, Respekt, Liebe und weitere damals aufgeschnappte, nichtssagende Worte durch den Kopf gehen. Ob sie wohl noch verheiratet sind, *Liselotte* und *Marcel*? Keine Ahnung und wie bereits festgestellt, betrifft es ja mein Leben nicht mehr und kann mir darum egal sein. Auf jeden Fall kam kurz nach der Hochzeit eine Tochter zur Welt – so viel habe ich damals noch mitbekommen, als ich *Liselotte* einmal ganz zufällig begegnet bin.

An der Bar tönt im Hintergrund der Song von Johnny «Guitar» Watson: *A real Mother for ya.*

«Ist da noch frei?» Eine schöne, stark gebräunte Blondine steht neben mir an der Bar und schaut mich fragend an.

«Äh, ja natürlich», gebe ich in Gedanken versunken zur Antwort.

Sie setzt sich mit ihrem sehr knappen roten Bikini auf den freien Barhocker neben mich. Ups, so viel zum hohen Flirteffekt in dieser Location.

«Bist du oft hier?», will sie wissen.

«Was heisst viel? Sicher zwei- oder dreimal pro Jahr.»

«Ich heisse *Sandra* und du?»

«Sebastian!»

«Und was machst du so?», hakt sie nach.

«Ich bin nach einer längeren Wanderung bei Freunden abgestiegen, ein wenig oberhalb von Locarno.»

«Mir gehört eine Eigentumswohnung in diesem rosaroten Haus dort, gleich neben dem Eingang zum Lido. Ich verbringe ein verlängertes Wochenende in Locarno.»

«Ich bleibe nur bis morgen und kehre dann zurück in die Deutschschweiz.»

«Möchtest du zu mir zum Nachtessen kommen? Ich habe eine grosse Terrasse und wir könnten draussen essen – was meinst du?»

Diese Frau lässt aber nichts anbrennen; das war bis jetzt eher mein Part in solchen Situationen. Das ist ja *Anmache* pur!

Jetzt musst du dich entscheiden. Bis zu diesem Wochenende wäre ich auf ein solches Angebot sofort eingestiegen. Ich will aber weiterkommen und für mich herausfinden, wie mein Leben beziehungsmässig weitergehen soll. Ich will etwas ändern an meinem bisherigen Verhalten und nicht mehr von einem zum nächsten Flirt, Verhältnis oder kurzen Beziehung hangeln. So höre ich mich wie aus dem *Off* sagen:

«Sorry, leider habe ich heute Abend bereits abgemacht.»

Ist das jetzt wirklich mein Ernst? Habe ich das gerade eben gesagt? Viele Männer würden eine solche Gelegenheit wohl nicht vorbeigehen lassen.

«Okay, gefalle ich dir nicht? Oder was hast du für ein Problem?»

«Ich habe kein Problem, nur etwas anderes abgemacht heute Abend», gebe ich ein wenig säuerlich zur Antwort.

«Also dann tschüss.» Und weg war sie. Ich trinke einen grossen Schluck von meinem Aperol Spritz und sehe, wie *Sandra* am anderen Ende der Bar wieder Anstalten trifft, dort Platz zu nehmen und zu landen; diesmal bei einem etwas älteren Typen. Was war das gerade eben?

Aus der Musikbox tönt der Song von Dakota Moon: *Won't be alone tonight.*

Ich bezahle meinen Drink und gehe zu den Umkleidekabinen. Mit einer SMS künde ich bei *Miranda* an, dass ich ungefähr in einer dreiviertel Stunde zum Nachtessen kommen werde.

Ich kehre mit dem Bike ins Hotel zu *Miranda* und *Francesco* zurück.

«Ich springe schnell unter die Dusche und bin in einer viertel Stunde *ready* zum Nachtessen», rufe ich Richtung Küche.

«Okay, Sebastian. Wir freuen uns, mit dir zusammen zu essen. Bis nachher.»

Vor dem Essen gibt es einen sehr erfrischenden Drink des Hauses, eine spezielle Kreation von *Miranda*, mit wenig Alkohol.

Beim Essen erzähle ich ihnen die eben erlebte Geschichte an der Bar im Lido unten. *Miranda* und *Francesco* schütteln nur die Köpfe und bestätigen, dass diese Bar mittlerweile einen zweifelhaften Ruf bekommen hat – vor allem gegen Abend zur Apéro-Zeit.

Miranda serviert Focaccia, gemacht nach Rezept der Nonna von *Francesco*; dazu trinken wir einen leichten Weisswein, Merlot Bianco. Zur Vorspeise gibt es Parmigiana di Melanzane.

«Für dich Sebastian sind extra viel Melanzane dabei, die hast du doch so gern», meint *Francesco*.

«Ja, mittlerweile eines meiner Lieblingsessen – wir hatten gerade eben in den Ferien in Umbrien Parmigiana in vielen verschiedenen Varianten genossen.»

«Warst du mit *Petra* unterwegs?», wollte *Miranda* wissen.

«Ja genau, aber jetzt ist Schluss mit ihr, wie ich bereits erzählt habe.»

«Möchtest du ein wenig Rotwein?», erkundigt sich *Francesco*, um das Gespräch wieder in eine andere Richtung zu lenken.

«Oh, ja gerne.»

«Wir hätten einen Quattromani, Merlot del Ticino.»

«Super, den wollte ich schon lange Mal probieren.»

Als Primo gibt es Pasta mit drei verschiedenen Saucen und viel Parmigiano. Danach als Secondo grillierte Scaloppine al Limone mit einem hervorragenden Risotto dazu.

«Und wann sehen wir dich das nächste Mal, Sebastian?», fragt *Miranda*.

«Vielleicht an meiner Hochzeit», gebe ich scherzhaft zur Antwort.

«Warte auf jeden Fall nicht mehr so lange wie seit dem letzten Mal», mahnt mich *Francesco*.

«Ja, versprochen.»

«Möchtest du noch ein Dolce? Zum Beispiel eine spezielle Zabaione, ebenfalls nach Rezept meiner Grossmutter?»

«Eigentlich mag ich gar nichts mehr, nach so feinen Leckereien. Aber bei Zabaione kann ich nicht widerstehen. Und gerne einen Espresso dazu.»

Zur Abrundung des Abends gibt es ein, zwei Gläser Grappa. Die beiden Gastgeber stellen dazu verschiedene Flaschen von auserlesenen Grappas auf den Tisch. Ich entscheide mich für einen Gran Riserva Invecchiata Mormorio della Foresta, Villa de Varda. Ein Grappa aus dem Trentino, hergestellt aus den Trestern der Rebsorten Müller-Thurgau und Pinot Nero und fünf Jahre in drei verschiedenen Barriques ausgebaut. Zudem wird dieser Grappa speziell in kunstvollen Flaschen präsentiert: mundgeblasene Glasflaschen aus Murano bei Venedig.

«Das war ein sehr schöner Abend, liebe Freunde», bedanke ich mich bei den beiden.

«Ja, fanden wir auch», antworten sie fast gleichzeitig.

«Dann wünschen wir dir eine gute Nacht und träum etwas ganz Schönes.»

«Ja, das werde ich sicher in meinem Lieblingszimmer Nummer fünf – da höre ich aus dem Park die Palmblätter rascheln und das Bächlein plätschern. Ein meditatives Erlebnis.»

«Dann bis morgen beim Frühstück auf der Terrasse», ruft *Miranda*.

23

Ich stehe am Fenster meines Zimmers im kleinen Boutique-Hotel, hoch über Locarno. Da geniesse ich den Ausblick auf die Stadt und den anschliessenden Lago Maggiore in der Dunkelheit. Viele Lampen leuchten und lassen erahnen, wo der See ungefähr liegt. Eine leichte Brise macht die Wärme ganz erträglich. Leichte Musik tönt aus dem DAB-Radio – natürlich Italo-Schnulzen, wie in alten Zeiten. Ich erinnere mich an ein Konzert von Angelo Branduardi, welches ich als Teenie in Winterthur besucht habe. Das ist nun schon sehr lange her. Stücke wie

Alla fiera dell'est,

La pulce d'aqua oder

Cogli la prima mela

Etc., etc. und wie sie alle hiessen, diese wunderbaren Balladen, eher der traditionellen Volksmusik zugeordnet, verbunden mit alter Musik. Sie sind mir immer noch in guter Erinnerung.

Ich setze mich auf die Terrasse und lese zwei, drei weitere Kapitel im Kriminalroman von Martin Walker. Ich bin sehr gespannt, wie die Geschichte mit den verschiedenen Beziehungen wohl weitergeht.

Der Protagonist Bruno, Chef de la Police, hat beruflich und privat mit zwei Damen zu tun, die ihn nicht ganz *kalt* lassen; er ist hin und her gerissen. Natürlich sind mir solche Situationen bestens vertraut.

Gegen Mitternacht macht sich bei mir grosse Müdigkeit breit und die Augen fallen mir beim Lesen fast automatisch zu. Ich stelle den Radiowecker für den morgigen Tag, denn ich möchte den IR-Zug um 10:33 Uhr erreichen – dann bin ich voraussichtlich gegen 14:00 Uhr in Zürich.

Im Bett lausche ich den sanften Geräuschen der Palmen und des Bächleins aus dem Park. Kurz vor dem Einschlafen überlege ich mir, ob ich das Ziel dieses verlängerten Wochenendes beziehungsweise dieser beinahe ganzen Woche erreicht habe und damit zufrieden bin?

Die Zwischenbilanz in der Cadlimohütte vor drei Tagen war grundsätzlich positiv ausgefallen:

Ich suche nicht mehr den schnellen Flirt, so wie sich heute am späteren Nachmittag eine Gelegenheit bot; sondern ich möchte eine *tragfähige* und *längere Beziehung* eingehen. Äusserlichkeiten sind wohl schön anzuschauen, so wie der rote passgenaue Bikini am gebräunten Körper – aber was dann?

Vor allem der Satz von Fritz Riemann hat mir grossen Eindruck gemacht: Die Ichbezogenheit überwinden, durchlässig werden für etwas ausser mir selbst, dem ich mich liebend zuwenden kann.

In den letzten beiden Tagen sind weitere Erkenntnisse und neue Inhalte dazugekommen wie:

Vielleicht muss man im Leben auch mal Ballast abwerfen.

Bei älteren Frauen fühle ich mich sehr wohl, weil sie eine grössere Lebenserfahrung aufweisen.

Spontane Begegnungen können sehr schön sein; es bedingt aber Offenheit auf beiden Seiten.

In Gruppen, in einem Verein, einer Genossenschaft oder in der Nachbarschaft kann man gut aufgehoben sein, auch wenn man nicht in einer klassischen Beziehung lebt; Voraussetzung dafür sind gleiche oder zumindest ähnliche Interessen – zum Beispiel in einer Wandergruppe oder so.

Zudem sind gute Freunde und Bekannte, auf die man sich verlassen kann, sehr wertvoll.

Und wie sehen jetzt meine nächsten Schritte aus, die ich mir für die nahe Zukunft vornehmen möchte? Ich sollte ein Ziel anpeilen, damit ich nicht gleich wieder in das alte Fahrwasser geraten werde. Zudem möchte ich in positivem Sinne aktiv sein. Das tönt jetzt alles sehr psychologisch.

Dann tauche ich ab, ins Reich der Träume.

24

Feine Geräusche dringen an meine Ohren, von weither höre ich dezente Töne. Ich liege im Bett und wache langsam auf. Was sind das für Töne? Leise Musik – sie wird lauter und ich stelle fest, es ist der Radiowecker, der sich an diesem frühsommerlichen Tag bemerkbar macht. Jetzt bin ich wach: Es läuft das Stück *Mambo No. 5* von Lou Bega:

I like Angela, Pamela, Sandra and Rita …

mit dem Refrain:

A little bit of Monica in my life

A little bit of Erica by my side

A little bit of Rita's all I need

A little bit of Tina's what I see

A little bit of Sandra in the sun

A little bit of Mary all night long

A little bit of Jessica, here I am

A little bit of you makes me your man …

Ich hatte einen langen Traum über verschiedene Beziehungen und Beziehungsformen; das war sehr intensiv. Gegen Ende des Traumes bekam ich fast ein wenig Panik, dass ich mein Leben beziehungsmässig wohl nie auf die Reihe kriegen werde. Zum Glück habe ich lediglich geträumt, denn die Realität sieht ganz anders aus: Du liegst neben mir im Bett.

Schön, lebe ich seit mehr als fünf Jahren in einer tragfähigen und von gegenseitiger Wertschätzung geprägten Beziehung. Wir gehen tolerant und respektvoll miteinander um. Die Sonne scheint zum Fenster herein und erreicht mit den Strahlen mein Gesicht; ebenso warmherzig nehme ich dich jeweils wahr.

Ich habe absolut keinen Stress auf dem Beziehungsmarkt – ich bin ein wenig älter und reifer geworden. Irgendwie muss man im Leben ja zu Erfahrungen kommen – gut, wenn sich die verschiedensten gesammelten Dinge zu einem grossen und positiven Ganzen finden!

Langsam werde ich vollständig wach und bin sehr froh, dass ich nur geträumt habe. Ich bin wirklich ein Glückspilz, dass es dich gibt.

Übermorgen begeben wir uns zusammen auf eine grössere Wanderung: Die Rundtour um das *Mont-Blanc-Gebirge* ist angesagt. Wir starten in Chamonix und diese Wanderung führt uns über 150 Kilometer durch drei Länder: Schweiz, Italien und Frankreich.

Die Webseite *bergwelten.com* preist die Wanderung wie folgt: «Einmal rund um das Dach Europas. In zehn Tagen zu Fuss um den Mont Blanc (4'809 Meter über Meer), den höchsten Berg der Alpen. Der Westalpenklassiker gehört zu den schönsten Weitwandertouren Europas. Eine traumhafte Tour vorbei an glitzernden Gletschern, türkisblauen Bergseen und über atemberaubende Pässe um den imposanten weissen Riesen.»

Bekannte haben uns verschiedentlich von dieser Tour vorgeschwärmt und wir haben schon lange davon geträumt. Ein paar Mal hat es nicht gepasst – vom Wetter her, nicht Agenda-kompatibel, vorübergehende körperliche Einschränkungen etc.

Aber jetzt sind wir startklar – ich freue mich riesig auf dieses gemeinsame Erlebnis, das uns sicher weiter verbinden wird.

Nach Alexandra Molina wird Verbindung zweier Menschen assoziiert mit Verständnis, Geborgenheit, Sicherheit, Zugehörigkeit und Liebe. «Wenn wir verbunden sind, fühlen wir uns nicht allein, nicht getrennt von anderen oder uns selbst. Im Grunde ist es ein Wunsch nach unserem ursprünglichen *Sein*. Denn wir sind mit allem verbunden.»

Vogelgezwitscher dringt an meine Ohren …

Es fühlt sich alles gut an. Schön, bist du da!

Vor zwei Wochen waren wir wieder einmal im Opernhaus Zürich. Geboten wurde die Oper *Serse* von Georg Friedrich Händel. Ein paar Tage später schaute ich mir das Programmheft genauer an. Darin wurde unter anderem die Frage aufgeworfen: Warum wir einen bestimmten Menschen lieben? Ausgerechnet ihn und nicht einen anderen?

«Dafür kann es viele Gründe geben: bessere, schlechtere, aber keine zwingenden. Vielleicht haben wir uns spontan in ihn verliebt, oder er hat hartnäckig geworben. Vielleicht sind dabei uralte genetische Programme am Werk oder der Parship-Algorithmus. Die genauen Gründe sind nicht so wichtig. Es ist nicht so, dass man einen Menschen liebt, weil er ganz oben auf einer Rangliste steht. Sondern umgekehrt: Er steht ganz oben, weil man ihn liebt.»

Am Nachmittag dieses warmen Frühsommertages gehen wir im kleinen Moorsee schwimmen; dieser liegt ganz in der Nähe von Zürich. Du trägst keinen Bikini.

Nach erfrischendem Bad wärmen wir uns an der Sonne liegend.

«Sebastian, du hast heute Nacht im Traum verschiedene Frauennamen erwähnt», stellst du ganz
beiläufig fest.

«Ach ja? Ich mag mich gar nicht erinnern …»

Weiterführende Literatur

(1) Julia Schoch: Das Liebespaar des Jahrhunderts. München: DTV, 2023

(2) Peter Lauster: Die Liebe. Psychologie eines Phänomens. Hamburg: Rowohlt, 1982

(3) Hans Jellouschek: Wie Partnerschaft gelingt. Freiburg im Breisgau: Herder, 1999

(4) Bernhard Schlink: Abschiedsfarben. Zürich: Diogenes, 2020

(5) Elke Heidenreich: Altern. Berlin: Hanser Verlag, 2024

(6) Pasqualina Perrig-Chiello: Own your age. Weinheim: Beltz, 2024

(7) Bernhard Schlink: Das späte Leben. Zürich: Diogenes, 2023

(8) Fritz Riemann: Die Fähigkeit zu lieben. Stuttgart: Kreuz Verlag, 1982

Dank

Ganz herzlichen Dank geht an den Lektor Mirko Part-
schefeld. Viele seiner Inputs haben mich weiterge-
bracht sowie das Buch verständlicher und lesbarer gemacht.

Patrick Bucher lebt und arbeitet in Zürich, Schweiz.

Über viele Jahre war er in der Sozialarbeit tätig.

Er hat sich vorzeitig pensionieren lassen und schreibt seither an verschiedenen Buchprojekten.

Mit «Beziehungsweise unterwegs» legt Patrick Bucher seinen zweiten Roman zum Thema *Beziehungen* vor. «Herbstzeiten» (2024) ist sein erster Roman, über Entschleunigung, Selbstbestimmtheit, Gelassenheit, Achtsamkeit, Dankbarkeit und Zufriedenheit in der dritten Lebensphase – und ein Plädoyer für die (vorzeitige) *Pensionierung*.

Daneben ist Patrick Bucher auch künstlerisch tätig und malt vorwiegend abstrakte Bilder; seine Inspirationsquelle dazu ist vor allem die Natur.

Deine/Ihre Meinung zum Buch interessiert mich:
patrick-bucher@bluewin.ch
Vielen Dank.